LES VIES DENSES

DANS LA MÊME COLLECTION

Édouard Bernadac,
Ixxaun, 2000

Jérôme de Boissard,
Le Château de mon enfance, 1999

Élisa Brune,
Petite Révision du ciel, 1999
Blanche cassé, 2000
La Tournante, 2001

Bernard Garel,
Mines flottantes, 1999

Sophie Rivière-Renard,
L'Oreiller en Dacron, 2001

Émilie Frèche

LES VIES DENSES

roman

Éditions Ramsay

À Gilles, Anne et Toi qui sais.

J'ai voulu être capable
de me faire aimer de ma vie.

JOË BOUSQUET, *Lettres à Poisson d'or.*

I

La fille est là, au beau milieu des draps défaits, perdue dans la blancheur du coton. Martin la regarde et il lui semble que le corps s'est éteint. Rien ne bouge, rien ne parle. Il ne voit ni le visage, ni les cheveux.

La lumière jaune a déposé une ombre douce au creux de la taille et le long de la jambe. Le sein pointe. Il se dresse dans la lueur du soir. Déposé sur son sommet, le téton trône au cœur d'un mamelon qui se répand telle une auréole sur un napperon trop propre. De courtes et fines rainures, comme peintes à l'encre de Chine, en strient la circonférence jusqu'à la pointe, aussi parfaitement que dans l'iris d'un œil clair. Martin recouvre le sein sans le toucher, comme s'il protégeait la flamme d'une bougie. Il voudrait attraper le corps, le retourner dans ses mains, mais la nudité l'intimide. L'empoigner serait une profanation.

Il prend donc le parti des détours. Il lance ses mains sur les chemins farouches et illusoires, fabriqués de toutes pièces par la lumière et le mouvement. Son index pointé, insistant, descend vers l'estomac, cette plaine aux horizons rapprochés, prudemment fiché sur les hanches comme s'il craignait d'être avalé par un nombril trop gourmand. Martin s'aventure ensuite aux bords des côtes, petites passerelles osseuses, qui accueillent ses doigts lorsque la chair se fait plus fine. Ses mains timides sautillent sur la peau lisse, montent et descendent nerveusement le long des courbes généreuses, puis finissent par se calmer en se lovant sous l'aisselle, dans le pli douillet et rassurant de l'intimité. Il se plaît à voir ses extrémités curieuses glisser en des terres inconnues où la beauté s'éveille avec simplicité. Il voudrait le lui dire, lui glisser à l'oreille quelques mots doux, mais la voix lui manque.

De plus en plus audacieux, il demande à sa main de parler. Il lui impose le langage des caresses, celui que le corps comprend. Sa main docile s'exécute et, de façon discrète puis plus clairement, s'engage vers le sexe. Elle s'arrête, hésitant à pénétrer la toison noire et drue. La chair a compris et elle s'éveille. Un frisson la traverse. La cage thoracique se rétracte en même temps qu'éclosent partout, à la manière d'une éruption cutanée, de minuscules boules granuleuses. Ce corps gorgé d'émotions inquiète Martin. Il le croyait mort, inerte, presque vide; ce surgissement de vie et de désir inattendu le dérange. Il voulait parler sans avoir de réponse. Mais la réponse se prolonge maintenant dans un souffle saccadé, haletant, plein d'une chaleur humaine.

Il voit déjà la femme se tordre et crisper ses ongles laqués sur le coton, tandis que son bassin simule la danse qui fera valser la verge dans son ventre. Immédiatement, Martin imagine sa main recouverte du liquide blanchâtre et épais qu'elle ne retiendrait pas. L'idée de cette inévitable sécrétion le dégoûte. Elle empoignerait alors sa verge molle pour la frotter contre son sexe, et la substance coulerait davantage. Le fond de ses entrailles crierait au jet de plaisir pour que, mêlé au sien, ils ne forment plus qu'un unique jus d'amour. Il faudrait la pénétrer et Martin s'en sentait incapable.

Il cherche son regard et ne trouve pas même son visage. Il secoue les draps, repousse les édredons et les coussins, mais seul le corps immerge de l'immensité blanche. C'est avec des courbes, un buste, des jambes et un ventre excité qu'il faut accepter de dialoguer. Ses caresses ont déclenché un désir qui ne peut s'empêcher de renouer avec les petites bassesses de la vie. Les pores se relâchent. L'âpreté d'une transpiration érotique se diffuse dans l'air. Une sécrétion nauséeuse d'hormones l'enveloppe. La femme succombe à la métamorphose de l'excitation. Elle a désormais sur elle les stigmates de l'imperfection.

Irrémédiablement, l'icône retrouve la chair et l'odeur des vivants, elle redevient l'esquisse du chef-d'œuvre que Martin a entrevu.

Alors, pour faire taire la convoitise, véritable insulte à la beauté, il cesse d'être suggestif. Ses gestes deviennent francs, durs et insistants. Ils s'arrêtent où la femme eût voulu qu'ils se prolongent. Elle le lui dit. Elle s'agite davantage, mais Martin ne veut pas l'entendre. Afin de calmer les spasmes de son corps par lesquels elle le supplie d'aller plus loin, il attrape la chair férocement. Il ne la lâche plus. Soudainement, il a envie de la punir, de la maltraiter, pour avoir demandé ce qu'il ne pouvait lui donner.

Ses doigts s'enfoncent hargneusement le long des dorsaux, déposent derrière eux de franches traces rouges. La souffrance s'inscrit sur l'épiderme. Martin tente de la faire disparaître en s'accrochant plus violemment à la peau. Le rouge tourne au bleu, mais il y est indifférent. Seule la cadence mécanique de ses gestes résonne en lui. Il plante ses ongles au bas des reins de la fille, pince la chair entre ses doigts et la fait remonter jusqu'à la nuque. Puis il redescend et recommence l'opération douloureuse. Les allées et venues de ses mains le long de la colonne vertébrale le bercent comme le roulement des vagues.

La femme sans tête tourne alors sur un socle invisible et son corps tangue dans les draps vierges. Martin s'agrippe à elle, mais ses doigts glissent. La peau est devenue huileuse, insaisissable. Il empoigne un sein qui se dérobe sous sa main. Le mamelon s'élargit et le téton se dévisse pour choir au pied du lit. Il tente de se rattraper en se cramponnant à la croupe bombée, mais celle-ci s'affaisse. L'épiderme se dilate, la peau se liquéfie et les formes s'estompent. Le fessier généreux s'évanouit en une mare plâtreuse dont il n'arrive plus à se libérer. Un liquide terreux jaillit de tous les orifices, éclaboussant le visage de Martin. Il voudrait se défaire de cette enveloppe de glaise qui l'ensevelit déjà. Il sent la mort rôder et l'appeler de sa voix blanche. L'univers se teinte alors de carmin. Il crie mais la terre est déserte, froide. La femme n'est plus, la terre est devenue stérile et, seul sous l'argile sanguine, Martin pleure son impuissance.

« Martin ! Martin !… nous allons être en retard, peux-tu t'habiller ? » lui demande Corinne, occupée à souligner le contour de son œil devant son miroir.

Martin ouvre les yeux. L'incarnat de son rêve se mêle à la lumière feutrée de la coiffeuse, auxquels s'ajoutent les derniers rayons d'un coucher de soleil estival. Sur les étagères, les bibelots, encore flous, parsèment l'air telles des bulles de savon multicolores. Sur son lit, enveloppé de ce scintillement, Martin n'oublie pas la silhouette de son sommeil. Elle erre entre les points lumineux et le sépare de sa femme, assise à l'autre bout de la pièce. Les contours de la figure d'argile s'estompent, ses formes se diluent dans la blancheur de ce réveil prématuré, mais son mouvement est encore présent. La fille combat pour exister par-delà la volonté de son auteur.

Comme si Corinne détenait la clé de ses rêves, Martin craint qu'elle ne voie le corps nu et terreux, et lutte pour l'évincer de son esprit. En vain. Il est ancré au plus profond de son créateur qui ne pourra renier son œuvre.

Un raclement de gorge familier – cher à Corinne – balaie le dernier instant du rêve, ramène Martin à la réalité. Alors, il distingue sa femme.

Sur son pouf de velours, elle se regarde dans la glace. Martin aperçoit sur ses pommettes de poupée russe la teinte rosée, laissée par une journée d'attente heureuse. La perspective du vernissage à la galerie où elle travaille illumine ses prunelles qui traquent l'éventuelle imperfection. Ses cheveux ramassés en un strict chignon dévoilent un cou délicat. Depuis le lit, Martin l'observe. Elle n'a pas beaucoup changé, se dit-il. L'allure n'a pas pris une ride, la cambrure est intacte, le dos droit, les épaules rejetées en arrière. Le jour où ils se sont rencontrés, vingt-cinq ans auparavant, dans une galerie de la rue Bonaparte, elle avait ce chignon. Elle n'était encore qu'une stagiaire et cette coiffure sophistiquée, loin de la vieillir, accentuait les derniers traits de l'enfance. Et c'était ce chignon, c'était cette petite boule de cheveux blonds enroulés à l'arrière de son crâne qui avait attiré son attention, alors qu'il descendait vers les quais. Il avait fait demi-tour pour le chignon. En un coup d'œil, il avait décelé l'élégance et il était entré dans la galerie. L'histoire avec Corinne, l'histoire d'un chignon... Étrange, ce chignon qui était là ce soir, vingt-cinq ans plus tard...

Son regard glisse et se fixe sur la nuque. Le rêve ressurgit. Une envie folle de palper la chair l'envahit.

Il s'accroche au couvre-lit pour s'assurer que ce n'est plus un songe. Sa tête tourne, son corps chavire jusqu'à ce qu'il parvienne à poser le pied sur le plancher. Il ne voit maintenant plus qu'un morceau de peau vierge et anonyme qui attend d'être recueilli. Tout à coup, la chambre, Corinne, la soirée, le quotidien, la vie s'évanouissent. Il ne reste sur cette terre qu'une nuque avide d'être explorée.

Martin se lève et, sur la pointe des pieds, s'avance vers l'objet qui le réclame. Un grain de beauté nuance la pâleur de la gorge, se fond dans l'épiderme. Décidé à gommer cette imperfection, il s'approche. Mais son regard bute contre le miroir, et la réalité l'oblige à se reprendre. Ce n'est plus un rêve et ce n'est pas encore un jeu. Le visage de Corinne, travesti par un maquillage soutenu, le ramène aux frontières du possible et de l'acceptable.

Corinne colore l'intérieur de ses lèvres. Elle n'a pas remarqué la présence de son mari, bien qu'il soit debout, juste derrière elle. Absorbée par le vernissage qui n'a pas encore eu lieu, elle se promène entre les convives, un verre de champagne à la main. Le présent appartient à son passé.

Martin pose timidement sa main sur sa gorge, puis la regarde descendre lentement sur sa poitrine, dans le miroir. Corinne sursaute. Un long frisson traverse son corps devenu raide. Sa main s'aventure plus en avant et, sous les doigts, le buste de Corinne chancelle, maladroit dans la lumière des cylindres solaires. Sa peau se glace et la chaleur perdue se concentre sur ses joues écarlates.

Martin regarde sa femme rougir. Il se sent coupable d'être allé à la rencontre de son corps, comme s'il venait de transgresser un interdit. À son tour, il rougit. Leur malaise devient l'ultime bien qu'ils parviennent encore à partager.

Martin réalise qu'il n'a jamais contemplé le corps de sa femme. Chaque fois, il la prend au bord du sommeil, au creux des nuits froides et noires. Le plaisir n'est pas avoué, les caresses sont tues et les envolées interdites. Dans leur intimité, une pudeur irréductible interdit au regard de se poser. L'œil file sur la peau, multiplie les prismes flous mais ne s'arrête pas. Or, à cet instant précis, il reconnaît un voyeurisme déplacé. Il se déteste d'avoir osé tout confondre.

Pourtant, il regrette de ne pouvoir retrouver en sa femme la figure de terre de son rêve. Il voudrait que le miroir se tût pour oublier le visage de Corinne, pour ne penser qu'à son corps.

Mais elle ignore ses vœux secrets et, pour interrompre ce jeu insupportable qui fait d'elle une femme insatisfaite, elle tente d'anesthésier ses sens, en posant sa main sur celle de son mari. À quoi bon le laisser lui donner des promesses d'amour, puisque depuis longtemps il ne les tient plus ? Elle préfère les lui refuser et le repousse :

« Tu gémissais, tout à l'heure ; tu as fait un cauchemar ? »

Que pouvait-il répondre ? « Chérie, je fais des rêves érotiques. Mon amour, je t'aime, mais il faut me comprendre, je rêve que je suis avec une femme qui n'est pas toi. Enfin peut-être est-ce toi, je ne vois pas son visage. Nous sommes nus, allongés dans un lit. Nous nous touchons. Elle est excitée. Étrangement elle me dégoûte – disons alors que ce n'est pas toi – elle me dégoûte et je veux tuer son désir. Je l'attrape pour taire son envie et c'est elle tout entière que j'anéantis. Je l'extermine ! Elle se liquéfie, se transforme en terre, dégouline, m'ensevelit et… comble du comble, c'est moi qui meurs ! Voilà, chérie, de quoi je rêve, voilà ce qui me fait hurler et voilà encore ce qui me met en nage ! » Grotesque ! La jalousie de

Corinne la conduirait à lui reprocher de la tromper avec une femme fictive. Elle réfléchirait et elle en arriverait à la sordide conclusion que son mari est impuissant. Martin préférerait crever que d'être l'instigateur de cette pensée.

Il se tait, continue de caresser le décolleté et la nuque de sa femme. Il aurait voulu que ses caresses fussent explicites, mais Corinne n'est pas disposée à jouer les psychologues. Elle plaide pour la franchise et la simplicité.

« Embrasse-moi », lui dit-elle.

Au fond, elle n'a besoin ni de réponse ni de silence. Un seul baiser de lui suffirait à la satisfaire car les mots ne la consolent plus. Elle sait que la vérité éclate toujours sur l'oreiller. S'il l'embrasse, s'il la serre dans ses bras, s'il la désire, toute explication serait inutile.

Alors qu'il perçoit l'humidité de ses lèvres sur les siennes, Martin garde les yeux ouverts. Il lui semble que la femme de terre danse dans la pièce. Elle le nargue, elle se moque de lui, valse de manière irréelle mais convaincante, et cette présence fantastique l'empêche d'être vivant. Il demeure collé à Corinne, mais il est de pierre. Un filet de bave a coulé de sa bouche sans qu'il s'en soit aperçu. Tandis que Corinne s'efforce, en fermant les yeux, de croire que rien n'a changé entre eux, il porte sur elle un regard qui trahit sa répugnance à baiser ses lèvres. Il aime pourtant sa femme, mais cette étreinte l'écœure.

Bien qu'elle garde ses paupières closes, Corinne saisit la répulsion de Martin. Elle n'ose plus bouger. L'humiliation inonde son cœur. Son mari ne la désire plus. Elle se sent vieille et laide. Elle déteste le temps, les marques qu'il laisse sur son visage, la graisse logée sur ses cuisses autrefois sublimes, et ses cheveux gris. Elle s'en est pourtant accommodée, elle a joué des tours au Temps. Elle a utilisé les shampooings colorants et les programmes minceur de toute la presse féminine. Quotidiennement, elle affronte ces altérations temporelles qu'elle juge de mauvais goût, et elle se bat. Elle s'en est fait une raison, que son mari à présent lui dérobe.

Elle sent les larmes monter, mais il lui reste encore trop de fierté pour s'effondrer. Alors qu'elle est toujours accrochée à cette bouche morte, la rage prend le pas sur l'humiliation. Peut-être est-elle vieille et laide, mais Martin n'est plus le jeune homme qu'elle a connu. L'ébène de ses cheveux a disparu sous un gris douteux, et si le « poivre et sel » est à la mode grâce à une poignée de stars masculines américaines, il n'est pas la couleur des jeunes premiers. Les pattes-d'oie au coin des yeux lui donnent, certes, une maturité envoûtante, mais elles sont le signe de son demi-siècle. Quant aux kilos sans lesquels il serait resté un « gringalet », ils révèlent cinquante ans de digestion! Elle n'est pas seule à subir les caprices de la vie. Martin et l'humanité entière subissent chaque jour leur châtiment. Son corps, semblable à tous les autres, est voué à pourrir. Il n'a pas le droit de lui reprocher de vieillir; elle n'est pas fautive.

Elle décolle ses lèvres des siennes brusquement et s'éclipse dans leur dressing, pour qu'il ne remarque pas ses yeux humides. Elle parvient alors à sortir de sa gorge serrée quelques mots pour lui rappeler de s'habiller.

Lorsqu'elle réapparaît dans la chambre, Martin lui tourne le dos. Il regarde par la fenêtre. Elle n'a pas à affronter son regard. Tant mieux. Elle reprend sa place devant la coiffeuse.

À nouveau, elle s'observe dans le miroir. Ses prunelles ne brillent plus. Elles ont perdu l'éclat que confèrent l'assurance, l'ambition ou le plaisir. Son visage lui semble affreusement terne. Le fond de teint ne tient pas, le crayon noir assombrit son œil plus qu'il ne l'agrandit et le rouge à lèvres a quelque chose de vulgaire sur sa bouche desséchée. Elle voudrait pleurer, enfiler un survêtement et se blottir au fond de son lit. Ne plus penser, ne plus s'inquiéter. Dormir. Longtemps. Très longtemps. Oublier ces trois mois, revenir en arrière et retrouver le vrai Martin. Être encore aimée.

Elle pense au vernissage et l'idée de la foule la déprime. Il va y avoir des jolies filles, des jolies jeunes filles aux tenues indécentes, des corps effrontés qui afficheront fièrement leur jeunesse, des sourires éclatants sur des dents étincelantes, des peaux lisses et hâlées – le soleil n'abîme rien à cet âge.

Il faudra accepter, subir la différence. On les trouvera immatures, infantiles. On ira jusqu'à dire qu'elles sont stupides, stupides d'être si ravissantes. Alors, on les toisera du regard avec un rire sarcastique pour se donner une contenance. Quel mensonge, quel ignoble mensonge...

Corinne ne trouve pas la force d'affronter cette humiliation depuis que Martin pose sur elle un regard absent.

Celui-ci finit par se retourner et s'avance vers elle. Mais Corinne n'a plus ni le temps ni l'envie. Elle se lève aussitôt et quitte la pièce. Ainsi, il se retrouve planté devant la coiffeuse où traînent quelques tubes de rouge à lèvres. Lui aussi, il attend un mot, un regard, un sourire. Mais elle l'a laissé seul face à sa triste image et, dans chacune des rides qui creusent son visage, Martin ne se reconnaît plus.

Il aperçoit son costume déjà froissé, posé sur la commode. Un goût nauséeux s'accroche à son palais. Il a envie de vomir. Encore une fois, pense-t-il, Corinne n'a pas compris mes appels, elle a tourné les talons sans percevoir les plaintes que mes caresses ont déposées sur son corps. Elle a dû m'entendre gémir, lorsque j'étais aux prises avec la femme d'argile. Je souffrais et elle ne m'a pas défendu. Elle n'a rien trouvé de mieux que ce sordide vernissage auquel nous *devons* nous rendre, pour me ramener à la réalité... «Peux-tu t'habiller...»

Comment lui faire comprendre qu'il ne pouvait plus rien? Depuis trois mois, l'icône plâtreuse assiégeait ses rêves et ne le quittait plus. À chaque instant, elle le détournait de son entourage. On lui reprochait d'être ailleurs, mais comment aurait-il pu en être autrement? Cette figure surgissait sans cesse. L'autre jour, alors qu'il prenait un café avec un ami, elle était passée furtivement derrière la vitre. Il n'avait pu s'empêcher d'interrompre sa conversation et de sortir sur le trottoir. «Je croyais avoir vu une amie», avait-il dit en se rasseyant. Ces lubies se répétaient de plus en plus souvent et ce qui passait jusque-là pour une excentricité était devenu insupportable. Il avait espéré que sa mutation à la tête de la Salpêtrière aurait arrangé les choses, mais l'inverse se produisit. La présence au sein de l'hôpital de corps meurtris, le regard inquisiteur et analytique des médecins sur eux, les gestes mécaniques du personnel accentuaient son désarroi. Il traînait dans les couloirs, l'air absent, puis son visage s'éclairait et il accélérait le pas derrière une blouse poussant un brancard. Il se débrouillait pour que l'inconnue se retourne et, quand il apercevait son visage, il retombait dans la mélancolie. Il en venait à regretter sa place aux Affaires étrangères.

Une ombre projetée sur une palissade, un geste furtif, une passante accélérant le pas suscitaient sa curiosité. Martin était ici et ailleurs, un peu dans sa vie et beaucoup dans ses rêves. Il savait désormais qu'il ne parviendrait pas à tuer cette image. Il voulait juste ne plus être seul pour affronter ses songes. Corinne, prisonnière de sa frustration, ne l'avait pas compris.

II

Tout est blanc, du sol au plafond. Dans cette clarté, se noient des paysages irréels et incolores. Je sens mon corps et mon cœur qui bat fort, à la manière d'un métronome. Mécanique. Imperturbable. Inquiétant. Il me semble que je danse, ou que je vole. L'air est doux, léger et odorant. Un alizé souffle dans mes cheveux, caresse agréablement mon visage. Je suis sereine. Je n'appartiens à rien d'autre qu'à cet instant, à la promesse de ce jour éternel, et mon corps attend d'être cueilli. Puis le vent printanier se précise. Il s'arrête et m'enveloppe, se change en une main, et cette main bientôt devient la sienne. Je sens ses doigts sur ma joue. Oui, c'est bien sa main qui me tâte, qui me parcourt d'un bout à l'autre de moi-même. Étrangement, dès que nos corps se rencontrent, ils s'effacent jusqu'à la transparence.

Je ne vois pas son visage. Je sais pourtant que c'est lui. C'est Carcor. De sa seule main, il me transporte, me fait tournoyer dans la lumière. J'ai fermé les yeux et, derrière mes paupières, se bousculent des dizaines de couleurs qui s'entrechoquent en un feu d'artifice. Une fraîche rosée vient alors se déposer sur mes lèvres bientôt humides et, de ma bouche désireuse, éclôt une fleur que je sens bourgeonner. Carcor décolle ses lèvres des miennes, puis approche ses dents pour venir mordre le pistil. Je pose alors mes mains sur son dos, puis sur ses fesses bombées. La fleur sur ma langue se détache. Son départ me désagrège. L'alizé devient tempête. Les embruns d'une mer déchaînée éclaboussent nos corps meurtris et Carcor se détache définitivement de moi. Le réveil me cueille alors, avec son goût amer et sa morne teinte.

Au-delà de ces visions que je ne m'explique guère, la transparence de notre union est ce qui me fait le plus de mal. Je n'arrive pas à saisir Carcor. Pourtant, notre union est une évidence. Il m'est inconnu. Je n'ai jamais vu son visage, je n'ai jamais aperçu sa silhouette. Je ne connais de lui que ce que la postérité découvrira si elle reconnaît son talent. Depuis quinze ans, Carcor m'envoie ses sculptures à la galerie dont je suis propriétaire. Il ne manque jamais de les signer et moi de les exposer. Il y a entre nous cet accord tacite qui entretient une relation que seules la terre et l'argile soutiennent. Mais ce lien est aujourd'hui si solide qu'il me semble que nous nous connaissons mieux que si nous avions toujours partagé le même lit. Je ne pensais jamais que nous en arriverions là. En réalité, mon histoire avec Carcor est l'histoire d'un cancer. Ses œuvres, sortes de métastases, ont contaminé mes sens et fait germer l'amour.

La tumeur fut sa première sculpture. Il y a quelques années, j'ai ouvert ma galerie, rue Louise-Weiss, et une stagiaire, étudiante aux Beaux-Arts, m'aidait de temps à autre. Un matin d'hiver, la jeune fille faisait un peu de rangement. Je la revois encore. L'échine courbée, la tête dans les cartons, un stylo Bic dans les cheveux. Très jeune... Je suis passée devant elle et quelque chose au fond d'un carton m'a interpellée. Comme une hallucination. Je suis revenue sur mes pas. Je ne sais trop pourquoi. Et ce qui n'était qu'une vision s'est précisé. Une petite sculpture de terre gisait au milieu des ordures. Un instant, il m'a semblé que le carton était une fosse commune, le tissu qui recouvrait une partie de la moulure un linceul et la terre une chair vivante. J'ai pris l'objet dans mes mains. Je l'ai sorti de sa boîte. J'ai compris que je serrais la taille d'un nu. Elle était imparfaite. Mais, malgré des traits irréguliers et des proportions dénaturées, une expressivité singulière se dégageait de cette créature terreuse. Elle portait la promesse d'une grande œuvre. L'artiste devait certainement être novice. Il avait pris soin de cacher la tête de sa création : le visage posé sur les jambes repliées, entouré par des bras trop grands, était invisible. On ne distinguait que son crâne, enveloppé d'une vague chevelure. La terre avait dû sécher trop vite et des petites crevasses jalonnaient une colonne vertébrale à peine visible. Les extrémités – surtout les pieds – dénotaient l'inexpérience de l'auteur. Il tâtonnait. Même son nom, Carcor, était gravé maladroitement sur l'envers de la pièce. Je n'étais pas encore bouleversée, mais la sculpture avait fait naître en moi cette première tache qui ne cessa de grossir.

Mon histoire avec Carcor a quelque chose de mécanique. Ses travaux déclenchent dans mon corps une série de phénomènes naturels qui s'intensifient : affolement du rythme cardiaque, moiteur subite et incontrôlable des tempes et des mains, gorge sèche et déglutition difficile... On dirait les effets secondaires indésirables de certains médicaments. Je ne m'y accoutume pas. J'y suis chaque fois plus sensible, sans doute parce que sa main façonne la glaise de manière de plus en plus étonnante. Chacune de ses sculptures marque un pas de plus vers notre union.

Nous nous retrouvons une fois par mois. Ce jour-là, la voiture de la Poste ralentit devant ma vitrine, et mon cœur s'emballe. Le carton est souvent trop lourd pour le facteur, alors ils sont deux ou trois à me l'apporter jusqu'à mon bureau. La cérémonie du déballage commence. Je reste un long moment seule avec mon cadeau.

Puis les collectionneurs arrivent. Je leur explique, aux collectionneurs méfiants, qu'une œuvre est en train de naître, et à ceux qui désirent le rencontrer, je le dis en voyage. Je suis incapable d'avouer que j'ignore tout de Carcor. Il a décidé, pour quelques raisons obscures, de demeurer anonyme et je respecte son choix.

Au départ, j'étais curieuse de voir s'il pouvait plaire comme il m'avait émue. Naïvement, j'ai pensé que ma curiosité en resterait là. C'était me sous-estimer, mais seules les vraies rencontres mènent à la connaissance de soi. Peut-être, alors, n'en avais-je jamais fait.

Ainsi, en inventant une vie à l'artiste auprès de mes clients, je me faisais complice d'un mensonge que j'ignorais moi-même. Mais, parce que je me l'appropriais, il eût très vite l'allure d'une histoire véracе. Je prêtais à Carcor des origines orientales. Je lui attribuais une résidence à Caracas, ville dont le nom m'avait toujours fait rêver, un passé d'archéologue et une soixantaine d'années. Inconsciemment, je l'imaginais sous les traits de mon idéal. Je me plaisais à le faire vivre entre déjeuners et vernissages, au grand plaisir des collectionneurs. Je construisais un artiste comme on fait un personnage de fiction. Et comme toute création, celle-ci finit par me dépasser.

Quelques années plus tard, l'été je crois… Je me souviens de la brise, des feuilles de marronniers qui me séparaient du ciel, de couleurs flamboyantes, de jambes dénudées et de cheveux au vent. En arrivant rue Louise-Weiss, j'aperçus un attroupement devant la galerie. C'était un peu surprenant, quoique non. La galerie avait déjà une certaine réputation. J'accélérai cependant le pas et, rapidement, je distinguai les silhouettes. Il n'y avait que des galeristes voisins. Ils étaient si absorbés par la scène qui se déroulait à l'intérieur qu'ils ne remarquèrent pas mon arrivée. Lorsque je me retrouvai face à la porte d'entrée, je compris leur curiosité. Une gigantesque femme de cire trônait derrière la vitrine. Elle paraissait d'autant plus immense que je venais de faire restaurer les verrières, de sorte que la lumière du jour l'éclairait de toutes parts. Nous étions en train d'installer une nouvelle exposition et il n'y avait donc qu'elle dans la galerie. Moi-même, je ne reconnaissais plus le lieu. Il semblait s'être métamorphosé en un décor de carton-pâte, de salon ou de foire.

Ce jour-là, l'artiste était né. Mon amour aussi, et, comme les collectionneurs que j'avais conquis, Carcor me bouleversa.

La perfection artistique laissait perplexes tous les regards, profanes et connaisseurs. Mais au-delà du sublime, la figure aurait stupéfié toute personne qui m'avait un jour rencontrée. C'était moi. Je ne peux pas être plus explicite. Il ne s'agissait pas d'une vague ressemblance ou d'un air de famille. La statue était ma réplique de cire, mon duplicata figé, ma reproduction démesurée. Je retrouvais mon nez aquilin, mes pommettes saillantes, l'ovale exagéré de mon visage, mon large front, la fossette de mon menton et mes rides d'expression au coin des yeux. Moi sans le déguisement du temps.

Je demeurai transie. Mon bouleversement était si violent qu'une odeur particulière se dégageait de mon corps. Mon hébétude se transforma dans l'air en un silence si pesant que l'attroupement remarqua ma présence. Les têtes se retournèrent, mais les yeux, tous les yeux se plantèrent dans le sol pour éviter mon visage. Il est de ces moments où la discrétion s'impose, où l'effacement est de rigueur. La foule comprit et se dispersa. En quelques secondes, il n'y eut plus personne. Je me retrouvais seule face à moi, face à cet énorme moi.

J'étais terrifiée. De peur, je n'osais pas bouger. Je craignais qu'elle ne s'animât, à son tour. Elle me ressemblait si parfaitement qu'elle avait l'air d'être incrustée dans un miroir grossissant, et je la voyais telle une ombre de moi-même, une illusion.

Thierry, le propriétaire de la galerie d'en face, est entré. Son œil a tenu compagnie au mien un long moment, puis il m'a serrée dans ses bras. Je sentais son bras se resserrer autour de mes épaules, mais nos visages restaient rivés au monstre. Lorsque le silence devint plus familier, il se mit à parler. Il lança des mots au hasard : *étrange, étonnant, déroutant.* Les sons tombaient dans le vide. J'étais trop émue.

Et puis Thierry s'est risqué à parler de la ressemblance. Les mots sont devenus plus nombreux, les phrases se sont construites, les verbes sont apparus, les adjectifs se sont succédé et les idées sont restées en suspens. Ces paroles n'étaient qu'un point d'interrogation. Aussi gigantesque que la statue. *Pourquoi, qui, comment, où, depuis quand...* Il ne s'arrêtait plus. Il voulait savoir, comprendre, chercher, trouver, expliquer, justifier. Il était juge et j'étais accusée ; je n'avais que mon silence en guise de défense. Des larmes coulaient sur mes joues. J'ignorais si c'était de la joie ou de la fatigue. Dans ces moments d'effroi extrême où l'esprit est embué, submergé, le corps résiste et se met à parler. Il se raidit, il tremble, il pleure et devant ce langage universel, on s'incline. Lorsque Thierry a vu mes larmes, il s'est senti honteux. « Belle déclaration », a-t-il conclu. Puis le silence l'a conquis et il s'en est allé.

Je me suis approchée du bloc de cire. Le toucher m'a soulagée et m'a fait admettre que cette silhouette n'était pas mon reflet. Sa consistance lui donnait une existence, une réalité en dehors de moi. J'étais rassurée. Le contact de la cire est singulier. Elle colle immédiatement à la peau, suinte, se ramollit au point qu'on croit pouvoir réviser sa forme originelle. Elle me ressemblait mais il ne tenait qu'à moi de la modifier. La fragilité de ce matériau me déconcerta. Pourquoi l'artiste avait-il choisi de m'immortaliser dans une substance périssable ? Si la beauté et la finesse du travail me ravissaient, ma vulnérabilité me mettait mal à l'aise. Un souffle de chaleur et je disparaissais. Un rayon de soleil et je me répandais en une mare cireuse difforme sur le sol. La marque de mes doigts, d'ailleurs, était visible sur le pan de la robe de la statue, et me rappelait la souffrance. Ces traces s'inscrivaient sur le corps de la femme comme la douleur se greffe à l'esprit. Ces cicatrices indélébiles me ramenaient à mon rêve : Carcor que je ne vois pas est pourtant là, sorte de forme cireuse ; une étreinte et plus rien. Le néant.

Je tournai autour de l'œuvre plusieurs fois, laissant ma main glisser sur les plis de sa tenue. J'étais incapable de lever la tête vers le visage. Il avait choisi de m'envelopper dans une ample toilette, et dans les larges pans qui tombaient jusqu'au sol, je voyais une traîne. La couleur pure de la cire me menait à l'église. J'étais une mariée. C'était ma main qu'on venait me demander. Il m'aimait donc ? Carcor me voulait, son travail me le disait. Il l'utilisait pour me conquérir.

Sa révélation artistique me révélait mon propre amour. Oui, je comprenais que je l'aimais. Les métastases développées, je ne pouvais plus freiner le cancer.

Nous avions atteint l'irréversible. Il était artiste. J'étais amoureuse.

III

« Vous prendrez bien une coupe de champagne, ma chère ? demande Bernard Allote, le propriétaire de la galerie, en regardant Corinne d'un air complice.

– Alors juste une larme, s'il vous plaît », répond Corinne, avec une mine d'enfant gourmande.

Allote tourne les talons et se dirige vers le buffet. Il a une cinquantaine d'années, le crâne légèrement dégarni et l'estomac tendu en avant. Il donne à Martin l'impression comique de la caricature naïve du quinquagénaire installé aux yeux des jeunes gens. Ce gros bonhomme à l'air satisfait le dégoûte. Il voit dans sa chair grasse et molle se stocker le mauvais cholestérol. Il ne comprend pas l'admiration de Corinne à son égard. Elle lui en parle toujours d'une voix mielleuse, chargée de respect et de gratitude.

Il est maintenant devant la desserte, bavarde à droite, à gauche, et son rire grossier résonne dans toute la salle.

Corinne et Martin sont restés en retrait, à l'endroit où Bernard Allote les a laissés. Depuis dix minutes, ils ne se disent rien, oubliant leur corps et leur état dans cette salle de vernissage. Corinne, la première, brise le silence.

« Formidable, ce qu'ils ont fait ce soir. Les artistes sont vraiment mis en valeur, tu ne trouves pas ? » dit-elle à Martin, le regard fuyant, sautant d'un objet, d'un convive à l'autre.

Cette question le réveille quelque peu et le ramène à la réalité.

« Il vaut mieux, si c'est une exposi...

– Oh ! Regarde qui vient d'arriver. Le petit monsieur là-bas, avec le chapeau à la main. Mais si, celui qui est avec la jeune femme blonde, devant le vestiaire, enchaîne Corinne sans laisser Martin terminer sa phrase.

– Et qui est-ce ? questionne-t-il sans conviction, vexé par le peu d'intérêt que lui porte sa femme.

– C'est Ludovic Zlavkov, une personnalité du monde de l'art contemporain. On n'aurait jamais pensé qu'il viendrait. Je suis contente qu'il soit là, c'est bien pour la galerie. Si seulement un de nos artistes lui plaisait, ce serait gagné. Oh, et puis lui, comment s'appelle-t-il déjà ? son nom m'échappe ; c'est un grand critique. »

Corinne, imperturbable, monologue et Martin se sent inutile. Pourquoi sa femme tient-elle tant à ce qu'il l'accompagne, puisqu'il n'a que le droit de se taire ? Éventuellement celui de sourire.

« Tenez, chère amie, dit Allote, en tendant à Corinne une coupe de champagne.

– Ça s'annonce plutôt bien, qu'en dites-vous ? Il y a ce soir plus de monde et de personnalités qu'on espérait. C'est bien, c'est très bien, poursuit-il d'un ton goguenard.

– Oui, je suis tout à fait d'accord avec vous, approuve Corinne docilement.

– Je vous présente Corinne, ma collaboratrice... et son mari », lance Allote en présentant un de ses clients.

Gêné d'ignorer le nom de Martin, ce qui le déstabilise quelques instants, il rebondit sur le lien de parenté, et part d'un petit rire déplacé, lourd d'hypocrisie. Il se remet en selle. Par courtoisie, Corinne l'accompagne et tout le monde se met à glousser. Une discussion banale s'engage, et les têtes retrouvent leur sérieux.

La conversation s'enlise et Martin n'entend plus qu'un bruit sourd, rehaussé de temps à autre par l'éclat de deux verres qui se rencontrent, sur fond de piano un peu glauque. Il voit le pianiste frapper violemment sur le clavier, mais la musique est étouffée.

« Martin, s'il te plaît, peux-tu me donner le carton que je t'ai laissé ? Je souhaiterais montrer quelque chose à Monsieur », lui ordonne Corinne.

Martin passe sa main à l'intérieur de son veston, puis dans les poches de son pantalon. Il ne le trouve pas et Corinne s'impatiente.

« J'ai dû le laisser dans mon manteau, s'excuse-t-il.

– Ah, oui ? Bon, ce n'est pas très grave », lui lance-t-elle par politesse.

Derrière cette courtoisie, Martin sent dans ses prunelles de braise le lourd fardeau de haine et de rancœur qu'elle cultivera jusque dans leur lit.

« Je vais aller le chercher au vestiaire, réplique-t-il, avec une pointe de culpabilité.

– Non, non ! Ce n'est pas nécessaire », riposte Corinne d'une voix agacée.

L'attitude hypocrite de sa femme exaspère Martin. Il meurt d'envie d'être près d'elle pour lui tordre le bras et voir naître sur son visage des mimiques de souffrance. Mais elle lui tourne le dos, engagée dans des palabres pompeuses. Enragé, Martin reste planté derrière elle, les bras ballants, suffoquant de l'intérieur. Il s'entend alors dire : « Non, non, j'y vais. » Cette petite phrase le ridiculise davantage, et la colère qui bouillonne en lui manque de déborder. Il tourne les talons.

Il s'engage dans la foule et s'arrête à quelques mètres du groupe qu'il vient d'abandonner. De loin, il observe Corinne. Il ne la reconnaît pas. Ce soir plus que jamais, elle lui est totalement étrangère. Cette femme qu'il a tant aimée, dont il partage l'existence depuis vingt-cinq ans, est devenue une inconnue. Sa silhouette demeure inchangée, mais elle s'est enrichie de gestes et d'attitudes nouvelles. Tout en elle s'est rigidifié. La distance et la sécheresse du monde conventionnel dans lequel elle évolue l'habitent. Elle est désormais incapable de se débarrasser de ce masque froid, ce qui la rend indifférente à l'essentiel, indifférente à son mari.

Ses hochements de tête et son balancement d'épaules indiquent à Martin ses acquiescements au discours idiot d'Allote. Il la trouve navrante. L'homme d'affaires, ce pseudo-galeriste, l'exaspère. C'est le genre de type à tout intellectualiser, et Corinne a été contaminée par cette odieuse manie. Concept, idéologie, mythe, emblème, philosophie, système, doctrine et théorie alimentent son vocabulaire ordinaire. *La Crise de la conscience européenne* et l'art conceptuel sont ses sujets de conversation quotidiens.

Il les regarde gesticuler, les imagine théoriser sur l'énorme tableau au-dessus de leur tête. Il a beau chercher, aucune théorie ne sort de la toile. Pourtant, il comprend le propos de l'artiste. Cette femme-enfant, l'index dans la bouche et les jambes écartées, qui regarde son public droit dans les yeux en disant *I don't need protection, I just need love*, appartient aux

Nouvelles Créatures, selon la légende au bas de la composition. Le slogan *Mon cœur n'est plus à papa,* gravé en rouge au-dessus de la tête de la femme-enfant, scande le besoin de liberté du peintre. Liberté familiale, liberté sociale, artistique… Martin voit bien que Jérémie s'est débarrassé des contraintes classiques. Dans ce personnage faussement vulgaire et provocateur, il y a le désespoir de son auteur. Entre la nécessité d'être libre pour se réaliser et le besoin d'être aimé, se dresse le malaise du vide et de la perdition. Jérémie le Prophète se lamente sur les malheurs de Jérusalem, Jérémie l'artiste pleure sur le choix qu'il ne veut pas faire : être aimé ou être compris, un dilemme impossible.

Il aurait aimé en parler avec sa femme, mais il préfère se priver d'une discussion que de se confronter à un langage par lequel elle le repousse aux frontières de la bêtise et de l'inculte. Il se serait emballé, il aurait tenté de lui expliquer son émotion et elle aurait regardé son directeur d'un air embarrassé. Celui-ci aurait ri bêtement et Martin se serait retrouvé seul. Sans armes et sans défense. *Any more protection.*

Il cesse d'observer le groupe et s'enfonce dans la foule. Lorsqu'il se retrouve au centre de l'affluence, les corps féminins auxquels il se frotte, androgynes ou maternels, lui tournent à nouveau la tête. Les formes généreuses se déclinent en carnations dégradées, mal dissimulées sous de précieux tissus. Elles donnent aux silhouettes mouvantes une discrétion horriblement excitante. Mal à l'aise dans ce bain de parfums trop luxueux, il suffoque et chancelle sur ses membres tétanisés.

Un garçon en veste blanche peine pour se frayer un chemin entre les convives et s'arrête devant Martin. Ils échangent quelques mots, il en profite pour se servir une coupe sur le plateau que porte le serveur. Il n'a pas l'habitude de boire.

Il ne boit que lorsque ça ne va pas.

Ce soir, c'est l'occasion.

Le champagne aidant, Martin commence à se détendre. Il ne pense plus à se diriger vers le vestiaire, il ne pense plus à Corinne. Seul son rêve étrange le préoccupe. Lorsque Corinne lui a organisé un anniversaire surprise pour ses cinquante ans – histoire de marquer le coup, avait-elle dit – une femme plâtreuse a envahi ses rêves. Depuis, elle revient tous les soirs frapper à la porte de ses paupières closes. Il préfère se taire et espère se libérer de la vision terreuse, pourtant plus réelle que les réalités offertes par sa vie.

La femme d'argile se dilue à présent dans toutes les silhouettes qu'il effleure. Il retrouve un peu de sa couleur sur un bras, son mouvement dans un geste furtif. Elle se multiplie à l'infini, emprunte le corps des femmes pour se rappeler à l'esprit de son créateur. En la retrouvant, il renoue avec les émotions de son rêve. Il a envie de la toucher, de la sentir, de la contempler, et il se retient pour ne pas se jeter sur une des invitées en laquelle il croit voir sa déesse irréelle. Il épie les beautés plastiques, scrute les détails dans leurs moindres défauts. Il s'érige en voyeur. Il déambule entre les convives féminines qui, sous son regard, ont perdu toute humanité. Elles ne sont que des corps, des objets de culte. Il ne voit plus que leur apparence et l'esthétique l'emporte sur leur sexualité. Lorsqu'un sursaut de réalisme saisit Martin, il réalise alors l'étrangeté de son attirance. L'absence d'appétence devant ces femmes, quand il y songe, le laisse interdit. L'impuissance le terrifie et il craint qu'elle ne s'installe le jour comme elle s'est enracinée la nuit. Au creux de son sommeil, il anéantit les prémices du désir et le corps disparaît entièrement. Si dans la réalité il niait encore ce désir, sans doute les gens lui tourneraient le dos et on le prendrait pour un fou. Pire, pour un impuissant. Pour un voyeur. Cette perspective le ravage. Au fil des jours, cette souffrance se mue en supplice. Les instants légers et insouciants, les moments perdus n'existent plus. Chaque minute apporte son lot d'angoisse.

La salle ne désemplit pas et Martin étouffe dans l'épaisse chaleur de cette soirée de septembre. Les rires s'épaississent, les allures se relâchent. Les certitudes s'installent au cœur des conversations et Martin éprouve le besoin de se retrouver seul. Il marche dans un long tunnel noir où se bousculent le réel et l'imaginaire. Il faut en sortir. Soudain, il a envie de se prendre la tête entre les mains et de la serrer pour faire jaillir les pensées confuses qui le torturent.

À travers l'odeur de blondes, de brunes et de havanes sur laquelle se dessinent les notes florales de quelques essences féminines, mêlées à l'âpreté des corps transpirants, Martin discerne la caresse de l'air frais. La porte du jardin est ouverte, il se fraie un chemin jusqu'à celle-ci.

Dans le fond du jardin, une jeune femme se tient immobile. Elle téléphone. Lorsqu'elle raccroche, elle ne remarque pas Martin assis sur les marches et, très naturellement, elle ajuste son bustier.

Martin la trouve ravissante dans la lumière des réverbères. Elle doit avoir à peine vingt ans et ses gestes, légèrement maladroits, lui donnent un charme fou. Elle fait quelques pas. Elle s'arrête à la hauteur d'une sculpture de pierre. Celle-ci représente un géant allongé sur le dos, qui fixe le ciel étoilé. La fille passe sa main sur le visage immobile et s'arrête sur les yeux, comme si elle voulait les lui fermer. Mais pour l'éternité, l'homme est condamné à regarder ce ciel des quatre saisons, versatile et capricieux. Elle comprend et abdique. Sa main quitte la pierre. Elle tourne autour du monstre, semblant réaliser sa condition. Elle s'arrête devant son estomac musclé et, d'un air mélancolique, pose sa joue sur le plexus. Elle reste longtemps dans cette position, le visage scellé au cœur du sujet. Martin a l'impression que la pierre vient d'enfanter cette jeunesse.

Dérangé par cette intimité fortuite, il ne peut s'empêcher de tousser. La fille se redresse. Elle éclate de rire, d'un rire franc, plein de vie et d'insouciance.

« Vous m'avez vue ? »

Martin acquiesce de la tête et s'allume une cigarette.

« Vous m'en offrez une ? lui demande-t-elle en s'asseyant près de lui, il fait trop chaud là-dedans ! » poursuit-elle.

Ils regardent, sans mot dire, loin devant eux, comme si l'horizon bleuté d'un océan irréel avait tracé une ligne au-dessus de la clôture.

Le silence leur va à merveille.

Elle balance son mégot, se frictionne les épaules. Elle a froid.

« Un jour peut-être, je serai sur ce socle, à cette place, et j'aurai la chance de contempler le ciel. Je n'ai jamais le temps de regarder les étoiles. Vous les regardez, vous, les étoiles ? »

Martin hausse bêtement les épaules.

La jeune fille empoigne le paquet de cigarettes sur les marches, sort un stylo de sa poche et griffonne dessus.

« Passez à l'atelier, à l'occasion. Mon copain est sculpteur. Moi, je suis modèle ! »

Avant de s'engouffrer dans la foule, elle ajoute :

« Merci pour la cigarette. »

Martin rattrape le paquet qu'elle a abandonné sur l'escalier, après y avoir inscrit un numéro de téléphone et un nom. Carmen. Il arrache la languette de carton et la glisse dans son porte-cartes.

Bien qu'il se sente soulagé et libre, l'idée de retrouver sa femme pendue aux lèvres d'Allote l'angoisse. Ce monde le déprime. À une époque, il avait cru qu'il se familiariserait avec l'univers de Corinne, mais aujourd'hui, il n'en a même plus l'envie. Il est las de faire semblant, de jouer avec son image.

Il pousse la porte du jardin. L'été s'en va et laisse planer sur la ville un alizé qui balaie les premières rousseurs des marronniers.

IV

Depuis la sculpture de cire, mon trouble témoigne de mon bouleversement. Quelque chose en moi est soit mort, soit en train de naître. Mon unique certitude est que je ne serai plus jamais la même.

Toutes les sculptures que m'envoie Carcor me plongent dans la stupeur. Une chose est commune aux grands accablements comme aux grands transports : ils sont doués pour mettre le temps entre parenthèses et la réalité de la vie nous échappe. Elle perd de sa consistance. La venue de l'extraordinaire – et l'œuvre de Carcor est une émanation de l'extraordinaire – crée autour de celui qui le reçoit une membrane invisible, imperméable au quotidien. Celui-ci continue d'être mais ne nous atteint plus. Cette pellicule qui nous entoure, fruit du merveilleux, nous en protège. Je ne suis plus ni dans la vie, ni dans la mort, mais tel un fœtus, suspendu entre le néant silencieux et le néant bruyant. Je suis parachutée dans un chaos émotionnel que je ne m'explique pas. Je ne peux ni le légitimer, ni le prohiber. Il est, et de son existence je ne peux faire que le constat. Il est arrivé avec cette sculpture de cire, m'a saisie au ventre, et ne s'en est plus allé. Il a la ténacité de ma volonté, la vertu de ma sagesse, la violence de mon auto-persuasion, la conviction de la logique, car il envahit tout mon être, le corps au-delà de l'esprit. Rien n'est plus impossible que de lutter contre la chair. Aucun renoncement n'est possible.

Après la statue de cire, nombre de pièces de Carcor se sont succédé dans la vitrine, face à mon bureau. Je ne parviens jamais à détourner mon regard de ces merveilles et, des heures durant, je demeure dans une contemplation quasi religieuse. Je regarde ces femmes de terre, de pierre, parfois même de bois, évoluer et à chaque heure je les découvre. Le soleil de midi dévoile les détails que celui du matin m'a cachés, et l'œuvre a l'air de sortir de son inertie.

De figée et artistique, la sculpture s'anime et je quitte ma table de travail brusquement, pour m'assurer que la chose ne prend pas vie. Sous mes mains, la femme redevient immobile. Je la repose alors et retourne à ma place, mais dès que je suis assise, je la vois s'humaniser. Je m'approche d'elle une deuxième, puis une troisième fois… Je fais l'aller-retour de ma chaise à la vitrine, et dans ce va-et-vient, les jeux de lumière la conduisent de la vie à l'immortalité, de la femme à l'idole, du sacré au profane. De loin, la terre se ramollit. Sous la peau se dessine la chair, sous la chair les muscles, et sous les muscles les os. Les veines, les vaisseaux, les capillaires se distinguent clairement. Dans l'unité de la matière transparaît la multitude organique. Je me figure alors son cœur battant, son pouls régulier et ses poumons qui se soulèvent. Mais lorsque je me rapproche, tous ces détails vivants s'estompent et je retrouve l'œuvre d'art en deçà de la femme.

Le talent de Carcor a été rapidement reconnu. Aujourd'hui les ventes s'envolent. Le mystère autour de lui contribue à sa réussite en attisant la curiosité des critiques friands d'originalité. Les gens aiment les légendes. La galerie récolte de ce succès une excellente presse et cette gloire commune m'apporte autant de réjouissance qu'un enfant. Nous ne nous sommes jamais vus, et pourtant nous partageons quelque chose. J'ai décelé son talent et de l'alliance entre mon œil et sa main est née cette reconnaissance. Nous avons enfanté le succès. Dans mes songes éveillés, nous nous retrouvons et, ensemble, nous savourons les lauriers de la gloire. Je m'imagine lui lire les critiques alors qu'il peaufine une de ses créations. Il me demande conseil sur une teinte, une forme, un modèle. De retour dans le réel, je ressens la plénitude d'une expérience unique et sublime. Mon histoire, notre union, notre amour dépassent tout idéal. J'attends avec impatience le jour de notre rencontre. Ce n'est qu'une question de temps, mais c'est une évidence.

Carcor est devenu un fantasme que je ne peux pas refouler. Je vis avec les mains moites, le cœur haletant et les yeux rêveurs. Il s'est infiltré jusque dans ma couche. Mes draps sentent l'odeur de son absence. Il est une obsession qui nourrit mon sang. Je ne pense qu'à lui. J'imagine un lien particulier nous unir, à tel point que je ne doute pas de notre histoire d'amour future. Je me repasse des dizaines de fois le scénario de notre première rencontre, je me figure nos disputes et nos étreintes dans une précision que je n'accorde même pas à mes souvenirs véritables.

Depuis que mon mari est parti, il y a quinze ans, je n'ai pas d'histoire d'amour. Mais je ne suis pas malheureuse. J'ai des amants adorables, cependant que l'essence même de ma vie lui est réservée. Quand je cède aux plaisirs de la chair, c'est pour mieux retrouver Carcor. Ignorant ses traits, il m'est très facile de lui prêter le visage de mes compagnons de nuit. Chaque fois, j'imagine que l'artiste emprunte la figure d'un de ces cousins ou de ces vieux amis, pour se glisser dans mon lit. Je regarde mon amant droit dans les yeux et quand par chance ils les a clairs, je me noie dans l'immensité bleue, là où Carcor rejoint mes rêves. Grâce à mon imagination fertile, je m'offre toutes les folies. Au fond de ces yeux inconnus, il me promet mille et une choses. Il me fait valser sur notre futur, m'emporte vers des plaines où la médiocrité du quotidien ne s'infiltre jamais. Mon cœur bat à toute allure, le bonheur illumine mon visage, et mes amants, croyant naïvement me combler, sortent toujours de chez moi fiers comme des coqs.

Je refuse de m'afficher avec un homme en public car j'aurais l'impression de le tromper. Mes amis ont fini par croire que je suis devenue frigide. Je lis dans leur mine leur compassion. Le départ impromptu de mon mari m'a laissée seule. Alors depuis, mon entourage me plaint, s'apitoie sur mon sort. On tente de me changer les idées. On m'organise des rencontres, on m'astreint à un énergique programme de réinsertion de couple ! Je refuse souvent, j'accepte de force.

Un soir, juste après l'épisode de la sculpture de cire, n'ayant pu échapper à l'un de ces dîners, je décide de m'y rendre et de tourner les choses à mon avantage. Je me persuade que l'homme que mes amis me destinent est Carcor. Mon envie de le rencontrer altère ma raison. Je laisse mon imagination errer.

Je décide que Carcor dînera en face de moi.

Je lui parle déjà devant mon miroir. Je chuchote des banalités. « Bonsoir. Enchantée. Vous sculptez ?... » Je souris bêtement à mon reflet. Comme une adolescente, je me tourne et me retourne vingt fois, à la recherche de mon meilleur profil. J'avance et je recule la jambe. Je passe et repasse cent fois la main dans mes cheveux. Je fais la moue, je plisse les yeux. Je me cherche une contenance. Je suis ridicule, mais n'est-ce pas déjà un signe de l'envoûtement ? Je ne suis plus une gamine, j'ai le cœur solide et la vie m'a enseigné sang-froid et retenue. Pourtant, mon comportement est enfantin.

Je ne suis plus seule dans mon intimité. Jusque dans les toilettes, pauvre sombre idiote, il m'arrive de tirer la chasse à deux ou trois reprises pour ne pas risquer d'être entendue de sa fantomatique présence. Je me déteste d'autant de vaine discrétion, mais son spectre m'accompagne partout. Mes gestes ont une coquetterie nouvelle qui, dans mes sursauts de réalisme, me semble pathétique.

Quand je monte dans le taxi, ce soir-là, je suis très en retard. Je prends le temps de relever ma jupe pour ne pas la froisser, comme si Carcor était sur le trottoir d'en face. Je m'adresse au chauffeur d'une voix sensuelle, mais c'est à mon amour que je parle. Je regarde Paris défiler, je passe sur les couples et les groupes de gens qui traînent devant les restaurants. Je retiens ces scènes pour être capable de les lui décrire, de retour dans mon rêve.

Nous sommes huit à dîner. Une personne manque ; celle justement qu'on veut me présenter. La providence me donne le change, elle s'allie à mon imagination. Pendant l'apéritif, je me figure cet inconnu et je lui attribue la paternité de la sculpture que j'ai reçue à la galerie. J'ai décidé de rencontrer Carcor.

Le désir véritable est génial : il persuade. L'homme aurait pu raconter qu'il vivait au Venezuela, qu'il était dans la finance, il aurait pu avoir dix-huit ou quatre-vingts ans, être homosexuel ou transsexuel, j'aurais interprété ses informations dans le sens de ma volonté. Je le veux sculpteur ; il ne tient qu'à moi de lui faire jouer ce rôle.

Il faut dire qu'il m'y a aidée. Lorsqu'il est entré, j'ai été surprise car il avait quelque chose de mon ex-mari. Un côté discret, presque taciturne. Mais l'assistance a traduit cette timidité en mystère. « C'est un homme mystérieux, énigmatique. On ne sait pas grand-chose de lui, il est très discret, il en joue même », me dit mon amie lorsque nous nous sommes retrouvées seules à la cuisine. Tout de suite, j'ai eu envie de la remercier. Elle servait mon imagination. C'est une de mes meilleures amies.

Selon elle, derrière l'homme public se cache une énigme. Elle me permet de croire que c'est mon homme et je le crois immédiatement.

L'esprit entêté a de ces déductions bizarres qui campent des évidences toutes fragiles.

Le discours de l'homme conforte mes certitudes. Lorsque je lui apprends que je suis galeriste rue Louise-Weiss, il me regarde en souriant, d'un sourire plus éloquent que n'importe quel mot. Il ajoute qu'il voit très bien de quel établissement il s'agit. Et derrière ce *bien* si anodin, tout est dit. Il n'est pas marchand d'art, il n'est pas collectionneur et il connaît *bien* cet endroit. Cet homme est Carcor. J'aurais pu m'en remettre au hasard, me dire que c'était un voisin, un flâneur attentif, un promeneur curieux. Non, il est sculpteur. « Vous exposez des sculptures ? C'est ce que je préfère », me confie-t-il.

Je suis perplexe. Je lui souris. Il doit me tester. Il attend que je lui parle de son travail, sa question le sous-entend.

« Parfois, lorsque je reçois des choses intéressantes », rétorqué-je pour éviter de parler de lui. Il me demande alors si le *parfois* est d'actualité. Je lui réponds de passer me voir. Nous nous sourions. Nos regards, derrière une apparence courtoise, témoignent déjà de notre complicité.

La soirée passe à la vitesse d'un éclair. Le café est servi avant que je n'aie pu prévoir un scénario pour le retenir. Il enfile son manteau. Il repart déjà alors que je meurs d'envie de l'aimer. Je me lève, je l'imite, je trouve l'audace de lui demander de me raccompagner et nous filons ensemble, laissant nos entremetteurs pantois par mon entrain inhabituel.

Nous avons marché un long moment, tout près l'un de l'autre, sans rien nous dire de très pertinent. Et c'est tant mieux. Cette absence de sens dans notre conversation me permet de croire que c'est lui. Ses propos insignifiants sont malléables, dociles. À double sens, à triple sens, ils se mettent au service de la réalité et de mes rêves.

Et plus il est silencieux, plus je suis persuadée qu'il est Carcor. Son nom n'est qu'un surnom destiné à parfaire le mystère. Ses soupirs, ses silences, ses rires, empreints de gêne ou de timidité, résonnent dans mon oreille. Nous savons qui nous sommes l'un pour l'autre, mais il est trop tôt pour se l'avouer. Alors, nous nous réfugions derrière des toussotements, des gémissements et des ricanements.

Une fois en bas de chez moi, il se fait plus distant. Mais je refuse que la réalité empiète sur mes songes. Je me jette sur lui, je l'embrasse, je l'entraîne à l'intérieur de l'immeuble et, sans le lâcher, je le conduis vers les escaliers. Je n'ai pas honte. Je suis persuadée que c'est lui. C'est Carcor. Je n'en doute pas une seconde. J'ai perdu ma timidité, ma réserve et ma pudeur. Je ne suis que désir.

Nous nous sommes dévêtus, ou plutôt je nous ai déshabillés. J'ai rapproché ma nudité de la sienne. J'ai cherché à devenir sous ses mains cette chose sublime qu'il m'a envoyée à la galerie. Je l'ai guidé sur le chemin de mes courbes. Je l'ai poussé à conquérir mes ombres. Je lui ai apporté de la lumière pour l'aider à se repérer. Mon audace l'a surpris. Je ne me suis pas tue. Je l'ai remercié. Je lui ai dit combien j'aimais ses œuvres, je lui ai avoué mon bouleversement, mais il est demeuré muet. Avec du recul, je comprends son silence. Depuis le début de notre étreinte – ou de mon solitaire emballement – il était resté inerte, s'offrant sans broncher à mes ardeurs. Mes remerciements et mes attentes ont dû l'étonner. Pourtant, il a eu la délicatesse de ne pas me demander d'explications et a accompli son devoir d'amant. Nous avons fait l'amour, moi avec l'artiste, lui avec la démence. Je me suis endormie rapidement, exténuée par tant d'émotions. Au petit matin, la place à mes côtés était déserte. Je ne l'ai plus jamais revu.

Depuis cet épisode dont le souvenir me fait encore rougir de honte, mes amis ont cessé de me présenter leurs amis. Ils préfèrent me traiter en femme frigide plus qu'en folle. Aussi la frigidité s'est-elle incrustée dans ma chair. Mes proches s'abstiennent de m'approcher, de me donner une tape, une caresse affectueuse, de crainte que le geste ne me dégoûte.

Je suis celle qui souffre de la séparation, traumatisée par le départ inopiné d'un mari curieux, qui a emporté avec lui mon désir de femme. Je ne démens pas. Ma réputation de mante religieuse me convient. Oui, elle me comble car elle me permet de ne pas tromper Carcor, de lui garder sa place à mes côtés.

Les hommes souffrent de leur impuissance, tandis que moi, maîtresse secrète et folle d'amour, je me réjouis de cette absence des sens. Quelle douce frigidité! Merveilleuse alliée de mes sentiments, alibi ingénieux de mon célibat choisi, véritable chasteté de l'âme, amour unique, pur et limpide que celui que je lui vouais toutes ces années durant!

Aujourd'hui, quelque chose de terrible est arrivé. Carcor s'est manifesté. La fin de ma belle histoire est proche. Je suis lasse. L'ignoble vérité de sa lettre résonne dans ma tête, me martèle le cerveau.

Ma chère,

Quinze ans maintenant, quinze ans déjà que vous exposez mes sculptures, quinze ans que je passe le soir devant les vitrines de votre galerie et qu'à la lumière des réverbères j'épie quelques-unes de mes femmes. Ainsi vous êtes-vous suffisamment familiarisée avec mon travail pour que j'ose penser que vous ne serez ni effrayée ni méfiante à l'idée de me rencontrer. Car il est ici question de notre rencontre. L'art ne pourra plus nous réunir, et il me semble que nous méritons enfin de nous voir. Mes sculptures ne seront plus ce trait d'union qui nous retenait l'un à l'autre depuis quinze ans : il n'y aura plus de sculptures.

Chère inconnue, je m'apprête à quitter ce monde. La maladie me ronge et le temps m'est compté. Bientôt, je ne serai plus et je ressens le besoin étrange de vous voir, d'entendre la voix de celle qui a participé à l'existence de mon œuvre. Je veux vous expliquer les raisons de mon anonymat, me présenter. Je vous dois cela. Venez à moi, moi qui suis toujours venu à vous à travers mille et une statuettes de bronze, de granit, de cire et de plâtre. Je vous attends à mon atelier, 6, rue du Loiret dans le treizième arrondissement.

Cette missive vous paraîtra curieuse, mais à l'heure où vous me lirez, le temps ne sera peut-être plus un allié. Je me tais et vous attends. Ce que je dois vous dire est une nécessité et notre rencontre une évidence. Je vous attends. Appelez-moi au 01 42 13 26 64.

CARCOR.

La veille au soir, j'étais tellement heureuse. L'espoir était là, les bras grands ouverts, et tout était possible. J'avais des doutes, mais ils étaient si doux. Je m'arrangeais toujours pour leur donner bonne figure, pour en faire des compagnons de route à la hauteur de mes rêves.

L'espoir, cette douce ignorance de l'avenir, gomme le passé et embellit le présent. Les fleurs, les sourires, les rues sont des promesses, des *peut-être* merveilleux qui tendent vers notre histoire, vers notre amour.

J'aurais préféré que Carcor disparaisse de ma vie comme il y avait surgi. Mon imagination, depuis quinze ans, avait fait preuve d'un tel talent que je lui aurais probablement inventé de belles excuses. Je n'aurais eu de rancune envers personne, pas même envers la vie.

J'ai relu les mots de Carcor maintes et maintes fois, refusant d'y croire. Carcor ne pouvait pas mourir, il n'en avait pas le droit. Après l'avoir aimé, je commençais à le haïr pour nier mes illusions. Il était celui de qui j'attendais tout et, par une lettre, il devenait celui par lequel tout s'envolait. Mes espoirs, mes rêves, mes fantasmes. Il me dérobait mon secret le plus profond, l'essence de mon être. Il me dénudait, me transformait en un corps sans destin.

Pendant longtemps, j'ai cru en notre histoire, en nos vies réunies, et il capitule. Il saccage mes efforts, mes sacrifices et ma foi. En refusant de lutter pour sa propre vie, il me touche au cœur et accélère mon agonie vers cette mort affreuse, qui me réduira bientôt au néant.

J'ai peur. La sève qui coulait dans mes veines et la source de mes joies déjà se tarissent. Demain, si proche, ne sera qu'absence. Négation. Abdication. Et dès à présent, cet immense néant me submerge. La monstrueuse lassitude prend le chemin de mon cœur, y installe l'indifférence, plus forte que la révolte. Et j'accepterai. J'accepterai tout. Sa mort, la mienne et celle de notre amour déchu. Je me courberai au mouvement du monde, je me plierai sous les effets du temps : l'oubli.

J'ai fracassé sur le mur le dernier bibelot familial, un vase d'une évidente laideur, révoltée par ma prochaine résignation. Je ne veux pas me plier. Je ne veux pas que l'on me prive de mon amour, que l'on me sépare de Carcor. Il est tous les hommes de la terre, tous ces mâles qui lui ont prêté leur visage docile pour mon bon plaisir. Demain, sans lui et sans ces hommes, je serai un moi sans moi, un esprit dénudé, sans rêves et sans espoirs. Demain, je serai morte.

Au matin, j'ai les yeux asséchés, le cœur las, l'esprit embué. Un reste de moi-même. Dans un instinct, un geste irréfléchi, j'attrape le téléphone et compose le numéro de Carcor. Les sonneries défilent, régulières. À travers elles, un chant funèbre se fait de plus en plus évident. Une angoisse indicible alourdit mon plexus, lorsque, tout à coup, je l'imagine mort. Fatigué de m'attendre, il est allongé sur son lit, le corps ici, l'âme là-bas. Nulle part. Indifférente à mon appel, à mon cri d'amour. Et puis, j'entends sa voix douce à l'autre bout du fil. Elle est rassurante, encore vivante. J'ai du mal à parler. Mes mots se perdent dans la nature, ne parviennent pas à son oreille fatiguée. C'est lui, le moribond, qui me parle. Il me donne rendez-vous chez lui, le lendemain après-midi.

À peine ai-je raccroché que je regrette de n'avoir pas pris les devants. Notre rencontre aurait dû se faire aujourd'hui. Peut-être demain sera-t-il trop tard. Je ne supporte pas cette idée. L'imminence de sa mort rend tout important. Chaque minute, chaque seconde doivent lui être consacrées et son être doit m'inspirer jusqu'au dernier souffle. Jusqu'à la fin, je m'interdirai le sommeil, la nourriture et l'hygiène qui me détourneraient de lui. Je lui serai finalement dévouée corps et âme.

Sa mort rôde dans mon appartement, comme s'il y avait toujours vécu, comme si son histoire était entre ces quatre murs et dans les cartons de ma cave. Je déballe nos souvenirs inexistants, regarde les clichés du fin fond de mes rêves, qui m'ont bercée pendant ces quinze merveilleuses années.

J'ai besoin de remuer le passé, de renverser quelque chose quelque part. J'ouvre les placards et les armoires, les vieux secrétaires et les meubles oubliés. Je cherche sans savoir quoi, mais je cherche. Et je trouve. Je trouve ma pauvre doublure que j'enverrai en ambassade pour recueillir les confessions du moribond. Parmi les souvenirs, les cartes postales, les vieux vêtements et les objets dérisoires, je confectionne un misérable petit moi, pour toi, Carcor. Je me rendrai à notre rendez-vous. Flanquée d'une perruque grossière, d'une paire de lunettes pour dissimuler mes larmes sincères, et d'une ample robe pour que mon corps se taise. Je n'oublierai pas les gants étriqués de soie noire. Ainsi, tu ne découvriras rien de moi. Ni mon âge, ni mon appartenance sociale, à peine mon sexe. À mon tour, j'ai envie de jouer les intrigantes, de me retrancher derrière une femme que je t'inventerai. Il faudra vivre après toi et je sais qu'en gardant la même image de moi-même, j'en serais incapable. Je préfère me louer une figure de circonstance, à laquelle je n'aurai pas le temps de m'habituer.

Je ne veux rien te rappeler, venir à toi sans passé et sans histoire. Seul le hasard décide de notre rencontre, et il faut que tu croies en cette bonne fortune. En moi, tu ne décèleras ni tes aventures passées, ni tes amours regrettées. Je serai pure et vierge de toute rancœur, de tout regret. Je ne serai qu'une oreille, un regard, une voix recueillant une autre voix, à l'aurore de notre histoire.

Je me regarde dans la glace et je suis surprise. Je ne me reconnais pas dans ce personnage. Ma métamorphose est réussie. Je suis prête à affronter l'homme de ma vie.

V

Lorsque Martin rentre chez lui, il est très tard, mais l'appartement semble à peine entrer dans son premier sommeil. Un cendrier plein de mégots, un verre vide et une bougie encore toute molle traînent sur la table du salon. Martin pense que Corinne aura attendu son retour.

Il évite de faire du bruit. Il ne veut pas avoir à affronter le regard haineux de sa femme, lourd de reproches. Il éprouve le sentiment pénible de retomber en enfance, quand il lui fallait rendre des comptes. Ces moments de silence durant lesquels les yeux de l'autorité, braqués sur sa petite personne, attendaient une explication lui avaient toujours provoqué d'insoutenables fous rires. Ce soir, devant Corinne, il ne rira pas. Il ne recevra pas de gifle, mais une énorme indifférence. Il n'espère que cela de sa femme que la vie a rendue presque apathique. Martin se demande d'ailleurs si l'humeur imperméable de Corinne tient au fardeau de la vie même ou à la routine. Il l'ignore, mais cette asthénie lui est insupportable, d'autant plus qu'il est en proie à une émotivité toute nouvelle. Leurs sensibilités sont aux antipodes et ne s'attirent guère. Martin et Corinne s'éloignent l'un de l'autre, de plus en plus loin, de plus en plus définitivement.

Cette distance inéluctable attriste Martin. Il aurait souhaité courir vers elle, la réveiller, la secouer, lui raconter la beauté céleste, la magnificence de ses points lumineux, véritables souffles de vie sur la ville endormie, au-dessus de sa tête. Il aurait souhaité que ce soit juste au-dessus de leur tête. Leur tête à eux, ensemble. La fille du jardin avait dit juste. Carmen, la belle Carmen, l'inconnue légère à la statue de pierre. Il faut savoir prendre le temps de se perdre.

Mais il connaît Corinne. La dureté de sa prunelle le rend transparent, le transforme en zombie prostré dans une solitude collée à lui aussi fermement que sa chair. Il entend le claquement de ses talons sur le carrelage, lorsqu'elle se retourne en lui coupant la parole. Il la sent s'impatienter à la sonnerie du téléphone, il la voit se mordre la lèvre et gigoter avant même qu'il ne termine son explication. À son air inattentif, il comprend que l'effort est vain.

Tout ce qu'il aurait voulu chanter à l'oreille de Corinne, s'il en avait trouvé la force, s'envole. Elle est trop distante, trop fermée. Son silence dénote un manque d'intérêt à son égard et à toutes les choses de la vie, excepté les concepts d'Allote qu'elle a repris à son compte.

Pourtant, l'existence de Corinne est rivée à la sienne. Imparfaite, distraite, mais présente. Or Martin ne la sent pas. L'absence terrifiante de l'esprit dans un corps vide, la pauvreté de cette chair sans cœur le dégoûte à tel point que, parfois, il souhaite sa mort.

Martin entre dans la cuisine. Corinne est assise devant la table, elle lit un magazine. Bien qu'elle ne relève pas la tête, il remarque son visage tiré par l'angoisse. Elle tourne les pages d'un air hagard. Il se trouve idiot, figé dans l'encadrement de la porte, à attendre d'hypothétiques reproches.

Le silence de Corinne le ravage. Il aurait voulu entendre sa voix dans la tristesse de cette nuit interminable. C'est un silence plus silencieux que jamais.

Martin a l'impression qu'un masque de plâtre est venu se poser sur le visage de sa femme. Qui est-elle ? Il ne reconnaît pas celle qu'il a épousée. Il essaie de retrouver la jeune femme aperçue derrière une vitrine de la rue Bonaparte, celle qui lui avait souri, celle qui avait rougi parce que le seul langage ne suffisait pas à exprimer tout ce qu'elle ressentait. Il scrute la cicatrice qui coupe la ligne de son sourcil droit. Il se souvient de cette journée de cheval, de la chute, de l'hôpital et des points de suture. Cette journée a gardé dans sa mémoire, le goût du bonheur. Leur couple était heureux, leur joie palpable. Mais il pressent que sa froideur présente finira par lui dérober le joli souvenir qu'il a encore de leur histoire.

Lorsque Corinne se redresse, son regard absent tombe sur lui. Il a du mal à le soutenir.

Une masse épaisse mais invisible, lourde de remords et de rancunes, les tient à distance l'un de l'autre. Il lui reproche son indifférence, elle le déteste de ne plus la toucher. La cuisine a pris l'allure d'un tribunal où le silence est le témoin de leurs divergences. Les griefs ne sont plus à soulever. Ils ont la conviction qu'il n'y a pas de coupable. La punition n'est pas pour demain. Elle est dans leur vie, dans leur solitude. Le terrible silence, châtiment du refoulement, du non-dit, du mal dit, de ces actes faussement accomplis et de ces gestes peu sincères réitérés chaque jour, malgré les résolutions et les tentatives avortées de vérité, reste emprisonné en leur profondeur. Corinne et Martin la gardent en eux, cette simple vérité qui, seule, aurait pu les sauver dans leur réconciliation ou leur séparation. Mais ils la dissimulent comme un bâtard honteux, une fille illégitime, et la belle fougueuse s'enflamme de plus belle au fond de leur cœur.

Alors, n'écoutant plus que leur vérité obsessionnelle puisque prisonnière, ils ne peuvent s'entendre l'un l'autre, et leur rencontre n'est qu'un lourd silence, à travers lequel on entend néanmoins leurs revendications terrées.

Entre eux, les femmes terreuses et irréelles de Martin dansent avec les artistes admirés de Corinne. Mais ils l'ignorent. Elle regarde son magazine, lit peut-être l'article sur le créateur de la silhouette d'argile qui, au même instant, traverse l'esprit de Martin. Les liens sont évidents, les choses simples. Si peu pourrait les rendre heureux, mais ensemble, ils ne sont pas doués pour le bonheur.

Corinne est épuisée. Pourtant, il lui reste encore un peu de force pour aller au-devant du désespoir. Elle se lève doucement et s'approche de Martin. Confuse, elle lui chuchote à l'oreille qu'il n'est pas heureux, pas pour le rabaisser ou l'attrister, mais simplement pour dire quelque chose. Pour le réveiller, pour le faire sortir de lui, de ce personnage qu'elle déteste. Pour le libérer. Pour qu'un autre ressurgisse, ce premier homme en qui elle avait cru voir l'aimé.

En disant qu'il n'était pas heureux, elle n'avait pas tort, mais elle venait de donner corps à une vérité que Martin essayait de dissimuler à tout prix. Souvent, il avait remis sa vie en question, mais il l'avait toujours fait avec beaucoup de pudeur. Dans son intimité, à l'abri du monde et de l'existence. Ainsi, l'échec de sa vie était demeuré une simple éventualité, une idée traversant son esprit. Maintenant que cette idée était extériorisée, elle prenait vie, elle existait réellement. D'éventuel, le malheur de Martin devenait une certitude et c'était insupportable. Il était attaché à l'image du bonheur aussi fortement qu'un arbre peut l'être à la terre et, malgré elle, Corinne lui arrachait une bonne partie de ses rêves, l'amputant d'un de ses plus grands leurres : celui de croire qu'il avait réussi sa vie.

Succès et bonheur sont mariés, leur alliance ne fait pas de doute. Tout le monde y croit. Partout, il entend les gens dire *Martin est heureux, Martin a réussi, c'est un chic type, ce Martin, tout lui sourit !* Cela devient une évidence. Pour lui, le bonheur a commencé par être une sorte de chose insaisissable dont parlaient les adultes et qu'il fallait essayer d'atteindre à tout prix. Et puis avec le temps, il s'est transformé en conseils clairs et précis – Martin se souvient des mots de ses parents, de ces études obligatoires et de certaines filles à éviter. Aujourd'hui, il a du mal à se représenter le bonheur, mais il lui voue un culte et une foi exempts de doute. Il aurait aimé que le concept se démasquât, qu'il s'inscrivît dans une vérité concrète. Réussite. Bonheur. Réussite. Bonheur réussi, heureuse réussite, il ne sait plus. Lui, ce qu'il veut, c'est réussir à être heureux.

Il attrape sa femme par la taille et met la main sur sa bouche, presse les lèvres rosées, afin de conjurer la triste vérité qu'elle a laissée échapper. Il insère un de ses larges doigts dans la bouche pincée, appuie contre la muraille émaillée pour la forcer à ouvrir la gueule, va à la rencontre de la langue trempée, venimeuse, qui fait claquer contre le palais des sons et des mots honteux.

De l'autre main, il lui serre la taille, la rend prisonnière de son corps pour la punir de sa clairvoyance. Il exorcise son angoisse de l'échec.

Lorsqu'il la sent courbée, docile, il remonte de la taille à l'épaule le long des côtes sans interrompre le contact, et lui arrache sa bretelle de coton, qui cède immédiatement. Le tissu tombe, dévoile un buste raide, frissonnant de peur et de haine.

Martin est malheureux. Il aurait voulu contempler sa femme, la regarder bouger au rythme de ses caresses et écouter ses désirs. Il aurait souhaité que la lumière inondât leur étreinte, mais leur mésentente le rend de plus en plus maladroit. Il insiste là où il faudrait n'être qu'une suggestion, se retire aux endroits où elle attend qu'il devienne imprudent. Ses gestes tombent lourdement sur elle, ni violents ni sensuels. Juste lourds. Exaspérants. Horripilants. Des gestes voués à procurer le goût amer de la répulsion et du rejet. Il contourne gauchement son corps, lui vole sa féminité et tout ce que son être contient en désir.

Puisqu'il n'est pas homme et qu'elle ne sait plus être femme, elle désespère qu'il se hâte de prendre sa chair et d'y déposer sa semence. Elle s'impatiente d'entendre son cri d'oiseau, son souffle chaud sonnant le glas de l'agonie pour voir se desserrer ses pinces de crabe. Son être retombera dans sa douce solitude, ce coin retiré et désert, quelque part au fond de son âme où elle se sent le mieux.

Martin reste cependant en dehors de son corps, navigue sur elle de tous ses membres, ramasse sa chair entre ses lèvres et ses doigts. Il n'écoute pas ses appels de femme insatisfaite. Elle sait qu'elle attend le néant. Martin ne fera rien. Ces derniers mois, leur couple a sombré dans l'absence. Elle a lu des articles sur la dérive conjugale, conséquence silencieuse de la monotonie, caractérisée par le refus de communiquer et la rareté des rapports sexuels. Ce n'est pas ce qu'ils vivent. Martin continue de la toucher. Il ne va certes pas jusqu'au bout mais il semble toujours être attiré. Leur couple n'entre pas dans ce schéma *socio-psycho-culturo-médicologique*. Elle ne se résout pas à intégrer leur vie dans une catégorie de problèmes.

Bloquée sous lui, le corps prisonnier des caresses maladroites, elle aurait accepté tous les sacrifices, toutes les souillures pour se retrouver seule. Elle hurle. Vulgaire. Bestiale. Pour être à son image, pour se faire entendre. Elle le supplie de la baiser. Elle ne cache plus les larmes qui inondent son visage. Elle est exténuée.

Martin se redresse violemment. Dans la pénombre, il regarde sa femme, couchée sur la table. Il la trouve laide. Il ne se doute pas qu'elle a une telle envie d'en finir. Il est mal. La sensation de sa femme prisonnière de son corps le rend malade et impuissant.

Sans un mot, il quitte la cuisine, laissant Corinne seule à sa frustration et à son dégoût.

VI

Carcor habite dans une ancienne ferme, à l'angle de la rue du Loiret, dans le treizième arrondissement. L'endroit est aussi calme qu'une ville morte.

Il n'est pas encore quatorze heures, et je traîne devant chez lui depuis plus d'une heure. Je n'arrive pas à me décider. Ni dans un sens ni dans l'autre. Le choix me fait peur. Rester et le laisser m'annoncer son horrible mort. Partir avec le remords de ne l'avoir jamais rencontré. Dans les deux cas, je suis vaincue. J'en veux à la vie. Je regarde les arbres et le ciel. La nature bourgeonne, s'apprête à revivre, et moi, la vie me quitte. Mon existence est une impasse.

Je regarde ma mine déguisée dans la vitre des autos garées le long de la chaussée, je me fais peur. Je ne ressemble à rien. Le néant s'est installé sur mon visage, parce que je ne sais plus quoi vouloir. *Carcor va mourir.* Je répète ces trois mots pour me convaincre de leur véracité. Je ne les répète pas en moi, au contraire, je les dis, je les articule, je les libère à voix haute. Je les décline furieusement sur tous les tons de la dramaturgie et de la comédie. Je sifflote, je fredonne, je chantonne, je soupire, je me lamente, je pleure, je délire. Je donne à ces mots une consistance, un semblant de réalité. Mais ces trois mots, titre ringard pour pièce condamnée à dormir dans un tiroir, ne me persuadent pas.

Paradoxalement, une partie de moi se prépare à accompagner Carcor. Au fond de la terre, il m'emportera pour l'éternité et je resterai là, seule avec mon désespoir. Je n'attendrai plus nos retrouvailles, je ne me blottirai plus dans les bras de mes amants et ne fermerai plus les yeux pour retrouver Carcor.

Plus rien ne mérite d'être vécu, sauf peut-être la répétition infinie de la sentence que la vie m'inflige : *Carcor va mourir.* Je suis condamnée à la peine capitale, sans sursis ni détention provisoire.

J'ai fini par sonner à sa porte. J'ai emprunté le sentier caillouteux qui mène chez lui, au fond d'un jardin coquet, dans un état second. Je ne sais quelle force me permet encore d'avancer. La peur, l'angoisse, l'appréhension ont raidi mes membres, ankylosé mon être. Mes muscles se contractent malgré moi, mes os s'articulent, mes nerfs continuent de donner des ordres. J'avance.

La porte est entrouverte sur un vieil escalier, sombre et abrupt, assassin. Je monte. En dépit de mes précautions, le parquet craque sous mes pas hésitants. Un effluve familier, mélange de vétiver et de tabac froid, flotte dans l'air. Un vertige étrange me saisit. Ce parfum porte la réminiscence d'autres fragrances. Les souvenirs remontent à la surface... Un crépuscule en été, à la campagne, les sabots des chevaux foulant la terre. Le soleil sur mon visage, l'arôme apaisant de la nature réchauffée, toute nimbée de vétiver, précieuse senteur raffinée... Un soir d'hiver dans un salon, un feu de cheminée, l'odeur âpre du tabac dans l'air étouffant d'une pièce close. La campagne et le salon, le vétiver et le tabac froid. Deux senteurs, deux mémoires d'une autre vie. Je repousse ces nostalgies et continue mon ascension.

Une femme mûre attend sur le palier du premier étage. Pincement au cœur. Déglutition impossible, elle est une adversaire, une rivale, une femme dans la vie de Carcor. Elle porte une blouse de travail et un torchon pend à son tablier. Je la vois sans la voir. Je ne regarde que son sexe, ses cheveux et son visage rond, ses hanches larges, fertiles. Je la hais.

Elle m'invite à passer au salon. Je m'assieds dans le canapé. Je suis mal à l'aise. Mon déguisement fait de moi une tricheuse impure, sale.

Les livres couvrent les murs. Des centaines de personnages romanesques flottent dans l'air, jouent leur comédie sans se soucier de moi. Je devine leur transparente agitation et je crains qu'ils ne me heurtent. J'ai des visions farfelues. Je pressens la venue du baron de Clappique, et je l'entends préparer son adresse à quelques généraux dont les Mémoires doivent être sur une des étagères. Je sens les coups d'épée d'un Zorro fendre l'air. Mes mains deviennent moites et mon maquillage grossier coule sur mes joues luisantes. Je suis laide.

La pièce poussiéreuse est surchargée. Les bibelots, les fleurs séchées échouées sur le sol, les tapis, les tentures de velours, les consoles attendent leur propriétaire négligent. Je suis de trop, décalée dans ce décor authentique.

Je fixe toujours la bibliothèque, lorsque j'aperçois une silhouette, derrière la porte-fenêtre de la terrasse. Carcor est là, et je ne l'avais pas remarqué. Il me tourne le dos. Un dos large, imposant, légèrement voûté, immobile.

Une bouffée de chaleur m'envahit. Encore une fois, je suis prise d'une envie soudaine de liberté, d'air frais. Je reste transie sur le canapé, incapable du moindre geste. Sa présence me glace et cette vitre qui nous sépare, cette transparence trompeuse creuse un irréductible fossé entre nous. Je le vois, mais je ne peux l'entendre, le sentir. Il est là, et pourtant si loin, inaccessible. Depuis quinze ans, j'attends ce moment et il va disparaître. Personne ne pourra raconter cette heure précieuse, cette heure désirée au plus profond de moi.

J'aurais voulu que l'envie de retrouver Carcor fût universelle, qu'il demeurât inscrit dans la mémoire de tous les hommes. L'amour me rend narcissique, bavarde, lyrique, démesurée. Je ne pense plus à mourir, car je sais que la vie sans lui sera vide.

Je reste pétrifiée sur le canapé. Les centaines de personnages romanesques reprennent leur place dans les pages jaunies des grosses reliures. Carcor aussi, sur sa terrasse, de dos, semble inerte. La vitre entre nous consolide notre immobilisme, notre séparation et notre différence.

Le malaise s'amplifie.

Le décor symbolise si bien notre histoire ! Je suis consternée. Il faut briser cette vitre pour en finir avec notre silence. Ou bien partir. Trop tard. N'être jamais venue, faire comme si la lettre n'était jamais arrivée. Inconnue à cette adresse.

De dos, Carcor me rappelle quelqu'un que je connais. Peut-être même quelqu'un je côtoie, qui m'est indifférent. Pire, désagréable. Ma tête tourne, j'ai le vertige. Son dos, ce large dos, j'en connais le propriétaire. Impression de déjà vu, de déjà vécu.

Il tourne la tête, de trois quarts. Je ne vois pas encore sa figure, mais ce semblant de profil suffit pour infliger à l'univers une déformation singulière, à mon être un malaise indomptable. L'étau se resserre de mon plexus à ma gorge. L'air se raréfie. Les meubles se désagrègent. Seule sa silhouette, toujours de trois quarts, demeure intacte. Puis l'épidémie déformante se propage, l'air disparaît. Je ne suis plus d'ici. Je suis morte sur le sol.

Il faut se fier plus souvent à l'intuition. La mienne s'était révélée exacte. Je ne pouvais pas viser plus juste en pensant reconnaître sa silhouette. Derrière Carcor, il y a l'homme que je connais le mieux : mon ex-mari.

Lorsqu'il s'est retourné, le choc a été tel que j'ai perdu connaissance. La femme de ménage m'a relevée et m'a conduite dans les toilettes où je suis enfermée depuis plus d'un quart d'heure. Je n'ose plus sortir. Je me sens ridicule.

Après le départ de mon mari, j'ai vécu notre rupture comme l'aboutissement normal d'une histoire qui n'aurait jamais dû exister. J'étais persuadée que nous n'étions pas faits pour vivre ensemble. Notre séparation était la meilleure chose qui pouvait nous arriver et je n'ai pas cherché à savoir ce qu'il était devenu. Martin appartenait à mon passé, je n'avais pas envie de le subir. Il faut dire que Carcor avait très vite occupé mon esprit. Sans le connaître, je l'avais aimé à travers son œuvre. Ce fut un amour absolu. Pour la première fois de ma vie, après avoir été mariée à un directeur d'hôpital insensible à mon univers, je rencontrais quelqu'un de ma famille, de mon sang, de mon esprit. Que nous ne nous soyons jamais rencontrés n'avait pas tant d'importance. À travers son travail, je ressentais sa sensibilité, je comprenais ses propos, je ne me sentais plus jamais seule. Il était là, quelque part, et il voyait les choses du même œil que moi. Je voulais lui offrir cette solitude que je m'étais toujours réservée. Je souhaitais lui donner ce que j'avais refusé à Martin. Mon moi véritable.

Quand je le comparais à mon mari, j'avais la certitude d'avoir rencontré l'homme qui m'était destiné. La finesse de son travail, la précision des formes, la sensualité de ses sculptures me faisaient aimer la vie. Il me semblait que les choses étaient bien faites et que, si mon mari était parti, c'était pour me permettre de rencontrer Carcor. Voilà, je découvre que Martin et Carcor ne sont qu'un homme, l'unique homme que j'aie jamais aimé !

Plus que sa mort prochaine, l'identité de Carcor me bouleverse. Je ne comprends plus rien. Notre rencontre doit être celle d'un artiste et d'une galeriste. À celle-ci s'ajoutent les retrouvailles d'un couple séparé depuis quinze ans. Corinne, la galeriste, Martin, Carcor. Pourquoi Martin est-il devenu Carcor ? Pourquoi n'avons-nous pas été capables de nous aimer pendant notre mariage, alors que depuis notre séparation, je lui voue un amour sans limites ? Je le déteste de ne pas m'avoir montré le Carcor qui se cachait en lui et je me déteste davantage de n'avoir pas su le démasquer. Nous nous sommes révélés en nous quittant. Notre faute commune fut de taire notre vérité. Pourquoi ces silences, ces contretemps ? Aujourd'hui que plus rien ne nous rapproche, nous allons être vraiment ensemble. Mais le temps nous est compté.

Je réajuste ma perruque et mes lunettes. Je n'ai pas le courage de sortir des toilettes.

Carcor a-t-il deviné qui je suis ? l'a-t-il toujours su ? Je suis perdue.

« Vous vous sentez mieux ? Vous ne voulez pas vous débarrasser ?

– Merci, je n'enlève jamais mon foulard et mes lunettes.

– Vous êtes religieuse ?

– Non ! Un accident de vie.

– Je n'avais jamais entendu cette expression. C'est joli. Moi aussi, j'ai eu des accidents de vie. »

J'avais fini par me décider à le rejoindre dans le salon. Il s'était installé à ma place.

Derrière mes lunettes foncées, je garde mes paupières mi-closes pour ne pas m'évanouir une seconde fois. Sa voix est plus déstabilisante que son physique. Elle n'a pas bougé. Le rythme de son intonation me replonge quinze ans en arrière. Son parfum aussi. Je comprends alors le souvenir de cette journée à la campagne, la balade à cheval, la chute, l'hôpital, les points de suture. Instinctivement, je passe la main sur mon sourcil pour vérifier que la cicatrice est là. Je m'assure d'avoir été Corinne, la femme de Martin. Mon déguisement fausse mon identité. Je ne sais plus quel personnage interpréter.

Je nous imagine, Martin et moi, dans notre appartement de Boulogne. Il est sur le lit. Je suis devant la coiffeuse. Nous sommes étrangers l'un à l'autre. Je préfère rouvrir les yeux.

Je le fais progressivement. Je découvre le haut de la chevelure éparse, chinée, le front soucieux, strié de nouvelles rides, de nouveaux chemins de vie, de petites histoires menées à l'ombre de mon regard. Un autre front, un autre homme me disent l'éloignement de l'homme nouveau et de sa vie que je ne connais pas. Ses sourcils fournis, intacts, pleins de jeunesse m'unissent à mon passé. Un effort et j'aperçois son œil transperçant, lumineux, qui n'a pas pris un pli. Inutile d'aller en avant de sa figure. Ses yeux me suffisent pour le retrouver après quinze ans de vie sans moi. Quinze longues années. C'est le lien entre Carcor et Martin. Mais quel est celui entre la femme de Martin et la maîtresse secrète de Carcor ? Une vie, quinze ans, rien… Je me demande ce qu'il peut voir en moi. Pauvres schizophrènes, nous nous sommes retrouvés, nous nous sommes rencontrés. Il est aujourd'hui sculpteur, il a retiré son costume de directeur d'hôpital. J'ignore qui nous sommes et le destin de cette étrange histoire. De nous quatre, il ne reste que deux personnages, mais je crains que le sort ne nous soit défavorable.

« Vous portez un parfum original. *Pure*, n'est-ce pas ? C'est drôle, j'ai l'impression de vous connaître. Votre visage ne me rappelle personne en particulier. Ce sont vos manières, votre allure », lance-t-il en se servant un verre.

Je reste silencieuse. Il connaît ce parfum rare. Il ne se trompe pas, je suis de sa famille. Je suis celle qui n'a jamais cessé de l'aimer.

« Pourquoi cachez-vous votre visage ? Un accident. Un accident de votre vie, qui vous raconte, qui parle. C'est une forme de pudeur. Ne croyez pas que ce soit un reproche. J'ai passé ma vie à cela. À taire ce qui au fond de moi ne cessait de vouloir surgir... par pudeur. Mais la pudeur est un horrible trompe-l'œil. Elle fait de vous un autre, elle vous emprisonne dans un univers qui ne vous ressemble pas, qui vous meurtrit. Pendant cinquante ans, j'ai souffert de ne pas être moi. Lorsque j'ai décidé de le devenir, j'ai continué à me cacher, de peur qu'on ne me reconnaisse. Par pudeur, je n'ai pas pu avouer aux autres ce que j'avais mis cinquante ans à admettre. J'ai vécu dans l'ombre. Aujourd'hui, la mort approche et j'ai envie de vous dire ce qui m'a mené à la sculpture, j'ai envie de vous révéler l'homme que j'ai été tout au long de ces années incertaines. Peut-être parce que c'est ma victoire, peut-être aussi parce que vous saurez la transmettre. Grâce à vous, d'autres personnes vaincront leur image. Vous me donnez envie de parler. Vous êtes la femme de mon ultime confession. Je n'ai pas su offrir ce rôle à ma femme. Il est pour vous. »

Carcor m'a demandé de remplir le rôle que sa femme n'a pu ou n'a su tenir. Cette tâche est insurmontable. Je pense à la femme qui a partagé la première partie de sa vie, à la Corinne que j'avais été auprès de lui, et je me déteste pour tout ce que je n'ai pas été capable d'être. Si j'avais su l'être, Carcor m'aurait offert une autre place dans son existence.

Je ne veux pas être un complément de moi-même, une rectification *a posteriori*. Je ne veux pas qu'il cherche aujourd'hui ce qu'il n'a pas trouvé quinze ans auparavant.

Je l'ai écouté et j'ai entendu les reproches dissimulés mais parfaitement clairs. Je suis restée à ma place, attentive. J'ai recueilli ses silences et ses angoisses qui l'empêchent, au seuil de sa mort, d'être serein. J'ai la douloureuse impression que, malgré lui, il va me transmettre un poids de taille, avec lequel il sera dur de vivre. Je n'ai plus la force de repartir. Il est déjà trop tard.

« Les rencontres comme la nôtre, attendues, désirées, ne savent jamais comment débuter. Je veux dire qu'elles exigent des révélations si denses qu'elles ignorent par où commencer. Bien sûr, je veux vous parler de sculpture, donc de femmes. C'est une évidence qui vous stupéfait, n'est-ce pas ? Les femmes, La femme... chaque mot me paraît trop banal. »

Carcor ponctue d'un temps toutes ses phrases, toutes ses pensées... Il s'arrête de parler et son regard s'envole à des années-lumière du salon où nous nous entretenons. Il part rejoindre une de ses créatures, un instant de leur union, et me laisse seule avec des vérités que je ne comprends pas. Il me trompe à retardement. J'aurais voulu être l'une d'entre elles – non plus la maîtresse fictive de Carcor mais l'adultérine réelle de Martin – pour que nous nous retrouvions dans une autre époque. Je sais pourtant que ce n'est pas moi qu'il fait revivre derrière ses paupières closes.

Je le déteste de me parler des autres. Pourquoi ? Pourquoi revenir en arrière ? Pourquoi me dire des vérités qu'il a toujours tues ? Je le déteste, mais en réalité je suis là pour les entendre. Oui, c'est pour comprendre mon histoire que j'ai accepté de venir.

« Pourquoi avez-vous accepté de venir ? Je vais mourir, je ne vous intéresse plus. Fini les sculptures, fini les clients. Terminé les expositions.

– Et vous, pourquoi m'avez-vous demandé de venir ?

– Besoin de raconter.

– Raconter quoi ?

– Mon histoire, mon art, mon mystère, mon silence. Oui, exactement. Mon silence.

– Mais pourquoi à moi ?

– Parce que vous m'aimez.

– Comment ça, je vous aime ?

– Oui, vous aimez mon travail, c'est la même chose. Vous m'aimez. Moi. Pas un autre. »

Mon amour, je t'aime, j'aime le Carcor de Martin, le vrai, l'unique Martin, l'artiste, le sculpteur. Mais j'ignore si tu m'aimes. Tu aimais Corinne, et peut-être n'aimeras-tu jamais celle qui, devant toi, recueille tes dernières confessions. Douloureux malentendu, nous nous serons croisés ! Un amour en deux temps, à deux vitesses.

VII

Martin a quitté Corinne sans la regarder, de façon hautaine et dédaigneuse. Elle a craint, à l'instar des femmes qui approchent la cinquantaine, que la femme qui est en elle ne soit déjà morte. Peut-être organise-t-elle les funérailles de cette fleur fertile, pour entamer sereinement le deuil de ses vingt ans, pensant que Martin ira ailleurs, chercher les sèves de la jeunesse.

Elle est montée dans sa chambre, évitant les miroirs, témoins de sa jeunesse fanée. Le dos un peu voûté, le regard rivé au sol, elle avance vers sa mort, détestant son corps, le poids lourd de ce corps fatigué qui la trompe, qui se moque d'elle. Et par une étrange disposition à l'indulgence envers l'objet de son amour, commune aux fanatiques, Corinne ignore les vacillements, les métamorphoses, les déguisements du temps qui travaillent le visage et le torse de Martin. Elle pense être la cible unique de cette horloge biologique infernale et cruelle, et elle oublie que seuls les morts échappent à la loi naturelle, immuable de l'éphémère. Martin demeure son allié au cœur du drame de l'existence ; à chaque seconde, la mort et la vie s'inscrivent en sa chair.

Tout en continuant son ascension vers leur couche qui recueille son corps las d'angoisses et de peines, Corinne dresse l'état des lieux : elle n'a plus la fraîcheur innocente des pucelles, ni le regard affolé et excitant des prudes, ni le voile opaque des vierges, ni l'hypocrite refus des jeunes premières, ni le sourire angélique de la fille devenue femme. Mais elle a la maîtrise de ses sens. Elle a la main agile et le regard profond, la tête digne et le rythme, la cadence et la décence, la force envoûtante et le mystère du temps. Elle a pour elle toutes ces heures déjà partagées ensemble, et la connaissance parfaite de son être tant de fois exploré. Elle a pour elle l'expérience de leurs étreintes et le savoir du plaisir conquis, arraché à lui, malgré lui et pour lui.

De son côté, Martin réfléchit. Il a conscience du don que la maturité a offert à Corinne, et cet effet bonifiant du temps ne lui déplaît pas. Leurs cinquante ans respectifs et leurs vingt-cinq communs lui sont indifférents. Seulement, son attirance nouvelle pour la beauté le laisse sceptique. Il recherche l'origine de son absence de désir au fin fond de lui et non dans les rides de sa femme. L'impuissance apparaît en filigrane et le malaise s'ancre violemment en lui, à tel point qu'il s'est éloigné de sa femme. Il évite la promiscuité, les rapprochements qui l'empêcheraient de refuser les étreintes. Il ne veut pas donner à la réalité une chance de concrétiser ses tourments. Mais le silence et la solitude qu'il a choisis travaillent au service du malaise. Les argumentations, les constructions intelligibles, les hypothèses, les prétendues preuves et contre-exemples ne l'apaisent pas. Sa propre nudité l'indispose. Son anatomie l'épouvante et l'inquiétude de n'y rien voir le transporte dans un vertige sans égal. Sa chair est impassible aux frissons, au froid, à la chaleur et aux caresses. L'intellect a dérobé au corps tout ce qu'il contient de désir et il vibre, transpire, jouit pendant que son corps silencieux reste amorphe.

Seule une voix externe, celle de sa femme, aurait pu diluer ses craintes, mais il redoute que leur révélation leur confère une objectivité dont elles ne bénéficient pas encore. Se taire, c'est garder le doute. Avouer le doute, c'est faire un pas vers sa confirmation.

Ainsi, Martin s'invente des heures supplémentaires qui deviennent des nuits entières et parfois même des week-ends, pour éviter la rencontre fatale. Il se glisse dans le lit conjugal à des heures où le sommeil est trop tenace pour s'entendre reprocher un manque d'entrain, et il en sort à des heures du jour où les lits sont désertés depuis longtemps. La situation ne durera pas, mais il en profite. Il reste tard à l'hôpital, il erre dans Paris jusqu'au petit matin en compagnie de ses angoisses, à la recherche d'une illumination.

Il fait encore nuit, mais déjà une lueur préfigurant le jour perce à l'horizon. Depuis deux heures, il s'accroche au volant de sa voiture qui ne le conduit nulle part. Il la laisse filer, débridée, libre dans la ville déserte. Les *petits trous* de Gainsbourg se métamorphosent dans sa tête en petits tours. Ces petits tours deviennent grands et son infernale promenade, écho de cette chanson qui passe en boucle, amplifie son égarement.

La venue du jour, après une nuit de veille, apporte la fatigue. Martin sent l'épuisement écraser son trouble, et il reprend le contrôle de sa voiture. La place de l'Étoile est encore déserte, comme l'avenue Foch qu'il emprunte à toute allure. Il a hâte de retrouver sa chambre sombre pour se terrer dans une obscurité rassurante. La lumière du petit matin aurait été un trait d'union déplaisant entre la nuit et la pénombre artificielle.

Aux abords de la porte Dauphine, la sécurité lui impose de ralentir. Il remarque alors la présence de créatures. Elles sont les premières personnes que Martin croise depuis qu'il roule. Des femmes parsèment le trottoir et la chaussée. Des blondes, des fardées, des rondes et des déshabillées, des vulgaires, des pédantes, des jeunes et des moins jeunes se partagent la place. Elles sont dans la rue le jour, mais Martin n'y a jamais prêté attention, bien qu'il emprunte cette route chaque matin pour se rendre à l'hôpital, chaque soir pour rentrer à

Boulogne. D'ordinaire, elles se fondent dans le décor. Martin a l'impression de les découvrir pour la première fois. Elles se trémoussent gentiment dans l'humidité du petit matin et il regarde les mots d'accroche qui se dessinent sur leurs lèvres, entre les dents noircies par le tabac. C'est la vraie misère. Les pauvres ne tiennent plus sur leurs jambes. Ce ne sont plus des femmes, ni des hommes, mais des êtres à part, miséreux et gais, tendres et vulgaires.

Elles ont l'air « paumées », ce qui les lui rend moins étrangères. Dans leurs yeux à la fois fuyants et provocateurs, dans leur allure faussement sûre, Martin retrouve son désarroi et leur incertitude commune l'empêche d'accélérer. Il roule plus doucement, repousse le moment où il devra quitter la place. Il tourne autour du rond-point, incapable de s'engager dans le bois de Boulogne.

Les filles l'ont remarqué. Elles ont aperçu leur dernier client de la nuit, ou le premier de la journée. Les phares des camions habités en bordure de la chaussée s'activent de façon épileptique. Certaines filles ont quitté les poteaux sur lesquels elles étaient adossées pour exhiber leurs atouts, au milieu de la route. Celles-ci l'effraient. La grossièreté, qui vient à lui par détails, l'indispose. Une poitrine laiteuse, graisseuse, difforme, débordant d'une dentelle à la manière d'ordures dans une poubelle trop remplie, l'épouvante. Puis c'est un sourire de carmin bon marché, la jambe abîmée d'une autre, l'œil dégoulinant de mascara d'une troisième et l'approche hâtive d'une quatrième qui s'apprête à venir frapper à son carreau. Leur attitude est violente, brusque. Leurs gestes lui somment de s'arrêter. Les mimes de leurs bouches lui ordonnent de ne pas détourner le regard. Il se sent à la fois obligé, et gêné de rester dans sa voiture, à l'abri de la misère.

Il est encerclé par ces créatures mi-humaines, mi-démons qui le fascinent. Leur aspect irréel, résultat d'une assurance inconnue, le captive. Plus il s'adonne à la contemplation de ces filles de rue, plus l'envoûtement du mystère agit. À force de les observer, il les a dénaturées. Elles ne sont plus des prostituées, elles ne sont pas des femmes, mais des figures articulées, des marionnettes jetées sur le pavé par quelque don du hasard. L'aspect cireux de leur visage, accentué par un maquillage mal posé, renforce cette impression de fantastique. L'attirance se substitue à l'épouvante originaire.

Les filles se sont multipliées. Elles sortent de la pénombre de part et d'autre, s'ajoutent au petit groupe épars que Martin a initialement aperçu. La scène prend une tournure de train fantôme peuplé de personnages de la *commedia dell'arte*, dans lequel le cri des enfants terrorisés mais joyeux fait défaut. Derrière son pare-brise qui lui donne l'effet grossi d'une loupe, ces héroïnes de conte carnavalesque s'agitent dans une légèreté démoniaque. La chef de file de cette troupe farfelue ressemble à une cantatrice d'opéra, à une figure d'un siècle mort. Il l'imagine se soulager dans le recoin d'un vieux château. Elle lui donne des haut-le-cœur. Elle rit à gorge déployée, mais dans son regard vitreux se concentre un drame profond où ses compagnes se ressourcent.

Martin ne voit plus rien de cette tragédie. Il ne s'attache plus à l'ignominie des détails – ceux qui l'ont d'abord effrayé – mais observe le mouvement de ces corps débridés. Tour à tour brutaux et doux, sensuels et vulgaires, enfantins et professionnels, leurs gestes renferment une étonnante harmonie à laquelle il est sensible. Les marionnettes s'articulent sur un rythme surprenant qu'il aimerait saisir. Comme un coup de crayon furtif.

Alors qu'il continue de les contempler, il aperçoit une forme qui le bouscule. Ses yeux ne la lâchent plus. Les autres personnages, sortes d'esquisses, d'essais, de tâtonnements à ce qu'il vient de découvrir, s'estompent. Il ne voit plus que cette ombre assise sur un poteau, à quelques centaines de pas de lui. Tout s'est dilué dans la pâleur du matin. Les automobiles, les phares clignotants, les cuisses enveloppées de résilles et les regards aguicheurs ont disparu sous le coup de pinceau d'un peintre irréel. Ce décor n'aura été qu'une introduction au sujet qui l'attend sur le trottoir.

Une forme que son ombre prolonge sur le trottoir s'offre à lui. Son attirance étrange tient certainement au fait qu'il distingue mal la silhouette. Sans doute ne l'aurait-il pas trouvée plus singulière que ses camarades, mais l'invisibilité de son anatomie lui confère une pureté surhumaine bouleversante. Elle n'est que fragilité et vulnérabilité.

Il avance vers elle. Il s'approche du trottoir.

Il découvre alors sa chevelure, semblable à une perruque apposée sur un modèle. La fille a le visage baissé et le dos courbé. Même à cette distance, il ne trouve pas l'humain en elle. Cette absence l'attire. Elle n'est pas de ces absences qui rappellent la mort, mais de celles qui renferment le secret originel, le chaos bouillonnant d'où la vie va surgir. Il guette avec avidité le moment de sa métamorphose.

Il immobilise sa voiture.

Elle ne l'a pas remarqué ou feint de ne pas le voir et demeure immobile. Il essaie en vain de la décrypter. Il est incapable d'isoler une partie de son corps, de n'examiner que son dos ou sa nuque. La fille vient à lui d'un seul bloc. Son unité l'empêche de se fixer sur une particularité. Elle est un tout et l'absolu de sa silhouette le fascine. Il s'imagine qu'en la détaillant, cette uniformité révélera le merveilleux.

Il avance à la hauteur de la fille.

Il baisse sa vitre.

La gamine le regarde d'un air si surpris qu'un instant il pense s'être trompé. Peut-être est-il devant la sortie d'un collège, il va chercher son enfant, cet enfant chéri qu'il n'a pas.

De près, la fille n'a rien d'extraordinaire. Elle n'est pas jolie, elle n'est pas plus touchante que les autres prostituées, mais la fragilité qu'il a pressentie dans sa silhouette se retrouve dans ses yeux. Une sorte de mélancolie voile son regard et le rend troublant. Martin ne sait plus. La fille est une prostituée, une égarée, une erreur.

Elle se lève doucement, attrape la poignée de la portière et s'installe sur le siège à côté de Martin. Il s'est arrêté pour satisfaire sa curiosité. Elle est maintenant auprès de lui, redevenue femme. Cette métamorphose sans transition le met mal à l'aise. Il aurait souhaité qu'elle restât fixée sur le poteau à la forme de socle, pour rassasier son regard affamé. Mais elle est à présent trop proche de lui, trop humaine, trop commune pour que Martin puisse étancher son désir sans culpabiliser. Elle n'est plus une abstraction, il ne peut plus faire abstraction de sa singularité.

L'impassibilité de son expression et son mutisme sont poignants. Seul le montant de la passe brise le silence. Le prix résonne dans un son mécanique. Martin ne l'attribue pas à sa passagère. Il l'a trop regardée comme un vulgaire objet pour admettre qu'elle est Autre.

La voiture démarre, les deux étrangers n'osent se regarder. Une petite pluie fine et matinale s'est mêlée à la brume. Lasse, la jeune fille regarde tristement la chaussée mouillée, pendant que Martin se bat avec lui-même, se refuse d'écouter les invectives de son esprit. Il entend en son for intérieur une voix monocorde lui ordonner d'être audacieux : Tu as payé, tu as le droit ! Regarde-la, cherche ce qui t'intrigue ! Demande-lui, elle le sait. Exige qu'elle change de pose, qu'elle bouge !

De l'extérieur, il est imperturbable. La jeune fille attend qu'il la dirige, mais puisqu'il est silencieux, elle prend les devants. Elle regrette d'être tombée sur un timide pour l'une de ses premières expériences. Elle se lance. Elle fourre rapidement un chewing-gum dans sa bouche, comme si le mouvement exaspéré de sa mâchoire pouvait la rendre plus crédible. Dès qu'il l'entend mastiquer la gomme de chlorophylle, Martin, loin du cliché de la fille vulgaire, a le sentiment d'être avec une adolescente sortie tout droit du collège. Elle retire son haut et serre ses seins entre ses mains, comme on le lui a appris. Désireuse d'en finir, elle va au-devant du châtiment, mais Martin ne veut pas être son bourreau.

Il jette un regard furtif vers cette poitrine mensongère. L'audace de la gamine le gêne terriblement. Il a envie de lui dire de se rhabiller. Il se trouve ridicule, assis auprès de cette inconnue qui n'est pas plus à sa place dans son rôle de pute que Martin dans son rôle de « baiseur ». La situation est une erreur. Il a été si surpris de la voir s'animer, de quitter cet immobilisme qui l'avait envoûté, que lorsqu'elle est montée dans la voiture, il n'a pas réagi. Maintenant qu'il roule, il n'a pas le courage de la laisser sur le trottoir.

Ses gestes maladroits, lourds de l'enfance et de la honte, trahissent l'inexpérience de la gamine, et la sensiblerie de Martin à son égard révèle son indisposition. Quiconque les aurait observés, aurait vu de jeunes adolescents timides.

Ils fixent la route qui défile sous leurs yeux. Ils se détestent d'exister. Ni lui ni elle ne sont faits pour cela. Ils auraient certainement beaucoup à partager : leur malaise, leur sensibilité et leur timidité. Mais leur rencontre a nié cette identité commune. Ils auraient pu décider d'aller boire un café, de bavarder et d'oublier leur fâcheuse rencontre, mais, enfermés dans la voiture, au petit jour, ils ont un rôle à jouer et se sentent obligés de le tenir.

Grossièrement, la fille pose sa main sur sa braguette. Le sexe de Martin demeure inerte. Il retire violemment la main potelée qui essaie de bien faire. La gamine se recroqueville. Elle est terrorisée. Elle se trouve sale et incapable. Elle vient de vivre son premier affront.

Le cœur de Martin cogne. Il en veut à la fille, à cet instant médiocre et à ses silences. Il s'en veut. Il tourne brusquement dans une sombre contre-allée et coupe le moteur.

« Déshabille-toi. Toute nue. »

La jeune putain s'exécute avec difficulté, ses vêtements froissés entre les mains.

« Jette-moi ces bouts de chiffons derrière. Je veux que tes mains soient libres, qu'elles effleurent ton buste, qu'elles remontent doucement jusqu'à ta nuque. Découvre-toi. Ferme les yeux. Imagine ton corps. Je veux te rendre belle comme une œuvre d'art. »

Ce n'est plus Martin qui parle, mais l'esthète en lui. Il n'arrive plus à réprimer cette nouvelle voix et les mots se bousculent, s'accélèrent, se brouillent. Le timbre de sa voix s'envole. Il se délecte à voir ce corps se découvrir, se libérer. Les feuillages des marronniers que la brise fait danser déposent leur ombre sur la peau grise et la gamine ne ressemble plus du tout à une putain. Repliée sur elle-même, elle est redevenue la silhouette du premier coup d'œil, scellée à un poteau.

Martin ne s'arrête plus de parler. Il a perdu la tête. Il est fou, fou de bonheur d'avoir payé pour le droit de parler enfin. Parenthèse heureuse, moment d'absolue sincérité, de vérité profonde. Dans sa bulle, il chante le corps inconnu de cette enfant soumise. La voir plonger dans cette nudité parfaite est si beau ! Il s'est collé à sa portière. Voyeur comme il ne l'aurait jamais imaginé, il épie les gestes de l'enfant qui, tel un poisson hors de l'eau, se débat avec elle-même. Elle gesticule, frissonnante. On lui demande de prendre conscience de son corps alors qu'elle s'est résolue à en faire une location perpétuelle. À la manière d'un nu-propriétaire, elle ignore ce corps, devenu le lieu d'usufruitiers inconnus. Et plus elle avance au-dedans d'elle-même, plus elle se sent étrangère au milieu de ce qu'une armée de barbares a définitivement saccagé.

La gamine voudrait lui demander de se taire, mais aucun son ne sort de sa gorge étranglée par les sanglots qu'elle retient. Elle n'est pas encore une pute, mais ce n'est plus vraiment une enfant.

Elle souffre. Son corps courbaturé a du mal à tenir replié. Des larmes amères pleuvent sur ses cuisses. Martin ne remarque plus ces manifestations de vie. Le bonheur soudain de la contemplation le rend indifférent. Il est possédé par son mouvement, sa couleur, sa lumière.

Il met sa main sur l'épaule fragile de la fille et cherche la poitrine. Il s'approche des petites boules en pleine croissance. Sous ses doigts, il a l'impression magique de sentir une fleur bourgeonner. Il laisse sa paume errer le long des côtes asséchées et sur cette terre aride de désirs, la pureté le transporte au-delà des frontières humaines. Il est projeté en pleine nature.

Il ferme les paupières, s'embarque pour une plaine cernée de montagnes rocheuses où la jeune fille s'est muée en une contrée sublime.

Elle éclate en sanglots, sous le coup de l'humiliation et de la souffrance. Le bruit de la douleur ramène Martin aux frontières du réel.

Il dévisage la malheureuse.

Ses joues sont rouges de larmes, son regard terrifiant de désarroi. Le maquillage fond sur ses traits fatigués. Tout ceci est trop triste pour être vrai.

« Va-t'en ! Va-t'en ! » hurle Martin, en lui jetant un billet.

Le jour se fait de plus en plus cru et cette mise à nu le glace. Il aimerait que cette nuit se prolonge pour lui laisser le temps de retrouver sagement sa place de directeur d'hôpital et de bon époux. Mais le temps n'a pas d'oreilles. Dans moins d'une heure, Martin n'échappera pas aux projecteurs de la vie. Comme les autres. Comme tout le monde.

VIII

Une infirmière nous a interrompus pour administrer à Carcor des soins que je soupçonne d'être quotidiens. Cela ne l'a pas troublé, il m'a ordonné de revenir le lendemain. Même heure, même endroit. Rien dans sa voix ne permet que je lui oppose un refus. Face à cet homme, j'ai l'odieux sentiment de toujours me laisser déborder. Chaque instant me dépasse, chaque parole tombe sans que je puisse la digérer. Je subis et j'acquiesce.

Un oui m'a devancée, s'est échappé de ma bouche comme une brebis galeuse. Pourtant, j'ai décidé de ne plus le voir. Je l'avais vu une fois et cela me suffisait. Je n'avais plus rien à apprendre. Pas de regrets, pas de remords. Surtout, ne rien me reprocher. Mais que voulez-vous, ce petit oui est sorti.

Lorsque j'ai quitté sa maison, je me suis juré de ne pas tenir ma parole. Tu as dit oui, ma vieille, mais ce sera non. Parfaitement, tu ne reviendras pas. Un trait sur tout ça. Plus de Martin, de Carcor, de Corinne, de perruque et de lunettes.

Je n'ai pas réussi. Toute la nuit, j'ai pensé à lui, à son corps entre quatre planches et je n'ai pas réussi. Le lendemain, je suis revenue. J'ai traîné dans le quartier, je me suis mirée dans les vitres des autos, j'ai observé la façade de sa maison, j'ai regardé ma montre, mon visage, ma montre et encore mon visage.

Enfin, vers quatorze heures, j'ai sonné. Cette fois, la porte de la maison, au bout du jardinet, était close. Comme si on ne m'attendait plus.

La gouvernante a ouvert. Elle est restée sur le palier, entre lui et moi, m'a barré le passage. Puis, de sa voix monocorde, elle m'a annoncé que Carcor avait eu une attaque et qu'on l'avait transporté d'urgence à l'hôpital. Elle a ajouté qu'on devait s'y attendre. On s'y attendait, mais pas ainsi, dans sa bouche, pas elle, chez lui, pour me l'apprendre. Elle a refermé la porte. Je crois même qu'elle me l'a claquée au nez.

Plus rien ne s'élève devant moi et c'est vers elle que se concentre ma haine. Car elle a commis la faute de me dire ce que je ne voulais pas entendre. Elle me l'a dit sans ménagement, avec la froideur d'un fonctionnaire. Et puis, c'est elle qui a su la première. Elle m'a volé ma place auprès de lui. Malgré elle. Sa seule présence me la rend odieuse.

Je rebrousse chemin. Dehors, dans la rue du Loiret, je sens la fin qui guette. Pour la première fois de ma vie, j'ai le sentiment ignoble d'être une orpheline apatride, sans terre et sans asile. Minable.

J'avance machinalement. Les immeubles, les gens, la vie défilent à toute allure, je ne suis plus de la partie. Je ne suis plus sur la vague. La jeunesse, avec ses espoirs et ses grands desseins, est trop loin derrière moi pour que j'y croie encore. Je suis lasse. C'est le début de l'agonie. J'essaie de pleurer sur ce que nous n'avons pas vécu. Je n'en ai même plus la force.

Sur le boulevard de l'Hôpital, la cité de la souffrance se dresse dans la grisaille. Dehors la vie, à l'intérieur la mort. Derrière la grille au-dessus de laquelle est inscrit en majuscule HÔPITAL DE LA SALPÊTRIÈRE, des bonshommes blancs poussent des moribonds à roulettes, encore en pyjamas. Une ville dans la ville, un État dans l'État, le dernier état, et la boucle est bouclée.

Combien de fois ai-je attendu ici, du bon côté de la grille, du côté des vivants ? Oui, hier je l'attendais, impatiente, irritée pour rien, et aujourd'hui c'est lui qui m'attend. À l'intérieur, avec ceux qu'il n'a jamais pu supporter. Martin déteste l'hôpital. Il en a si peur. Maintenant je le sais. Sa mine effarée, son souffle retenu et lâché lourdement dès qu'il retrouve le trottoir. Je ne verrai plus jamais ce sentiment de soulagement, cet air libre sur son visage pour le ramener à la vie. C'est à mon tour d'aller vers lui, au-dedans de l'horreur.

J'ai arpenté si souvent ces allées de goudron, regardé ces bâtiments... et pourtant, il me semble que c'est la première fois que j'entre ici. J'observe d'un œil novice et chacun de mes gestes porte en lui l'interrogation des ignorants. Mais je sais. J'ai assisté trop de fois, en venant chercher Martin, au dernier acte. Je les ai vus, ces médecins faussement compatissants, venir entre deux cafés, annoncer l'inavouable aux malheureux. Je connais le cri strident du refus de l'inacceptable, les larmes incontrôlables dans les regards pleins de détresse, et les rires nerveux, absurdes, terrifiants, indélébiles dans ma mémoire.

Il va mourir et, comme toutes ces femmes, ces maîtresses, ces sœurs et ces mères, je regagnerai mon appartement, enrichie d'une montre, d'un balluchon d'affaires sales et de désespoir. Mais comme elles, je me laisse duper par le refus de l'inéluctable. Ce sont toujours les mêmes ridicules questions, les mêmes espoirs de prolongement, la même volonté de préférer le voir souffrir que mourir, encore un peu plus de temps avec moi, encore un moment pour que moi, vivante, je n'abîme pas de mes larmes mon joli minois. Et toujours le sourire aimable, impassible du médecin, et toujours sa bonne volonté, sa façon abjecte de faire ce qu'il peut, insupportable résignation et confiance absolue dans ce destin qui nous mènera tous au tombeau. Foutaise !

À l'accueil, j'ai demandé à voir Carcor. Inconnu. Jamais vu. Il était inscrit au nom de

Martin. Et la vie est revenue. Pour quelques secondes, je suis Corinne, mariée, et tout recommence.

Oui, bien sûr, l'ancien directeur de la maison est là. De retour chez lui. Bichonné, faveurs et privilèges, l'équipe de cardiologie au grand complet, à son service. Traitement spécial pour la mort. Formidable ! J'ai envie de vomir.

Lorsque je suis entrée dans sa chambre, Carcor dormait.

Un appareil rythme les battements de son cœur. Je me suis approchée de la fenêtre, échappatoire à son visage funèbre, et j'ai vu le bureau de Martin, en face. Un homme est assis, la tête penchée sur des dossiers. Un instant, j'ai vraiment cru que c'était lui. Mes doigts sur la vitre ont caressé les contours de son visage, longé sa silhouette courbée. Puis, l'homme s'est redressé et il s'est approché de la vitre. Il a passé son regard sur moi, sans me voir. Il a fait un signe de la main à une jeune femme passant dans l'allée. Carcor me regarde, mais peut-être ne me voit-il pas. Je suis une transparence, comme dans ce rêve beaucoup moins étrange à présent. Moi, Carcor, notre étreinte insaisissable, les étrangers qui ont pris notre place. L'homme dans le bureau de Martin a souri à la femme dans l'allée, puis celle-ci a disparu derrière les portes vitrées du bâtiment. Ils s'enlacent maintenant derrière la fenêtre du bureau. Ils sont heureux comme nous l'avons été un jour, il y a longtemps.

« Vous êtes maligne. Je savais que vous me retrouveriez. »

Carcor a ouvert un œil. Je sursaute à sa voix enrouée.

« Oui, oui, c'est votre gouvernante qui m'a dit. »

Il a souri. Il savait que je savais. Je pense d'ailleurs qu'il l'a toujours su.

« Asseyez-vous près de moi. »

Je m'exécute et pose les yeux sur un livre que sa main recouvre.

« Avez-vous lu *Le Grand Vestiaire* de Romain Gary ? C'est l'histoire d'un jeune garçon qui fait ses premiers pas parmi les *dudules* – les adultes ; il comprend que le monde est un grand vestiaire rempli de costards vides qui ne savent pas tendre la main. Pendant longtemps, j'ai partagé cette idée. J'ai tendu la main à qui voulait bien la prendre, mais personne ne m'a vu. J'ai eu beau hurler, on ne m'a pas entendu. Pas même ma femme. Merci d'être là. »

Je baisse les yeux comme une enfant prise la main dans le sac. Il a raison.

« En réalité, j'ai compris bien plus tard que je n'avais jamais tendu la main. J'ai cru que mes silences le feraient à ma place. Je me suis trompé. Mais je ne le regrette pas. Non, je ne regrette pas d'avoir compris tout seul ce que les autres auraient pu me faire admettre. À la réflexion, je n'avais pas envie qu'on me dise qui j'étais. Je me devais d'effectuer cette quête seul. Souvent, je repense à ma femme. Elle a essayé de m'aider, de m'ouvrir les yeux. Un jour, elle m'a dit que je n'étais pas heureux. »

J'ai eu du mal à l'écouter. Je m'entendais dire cette phrase à mon mari, quelques années auparavant, et j'avais l'impression que Martin me faisait mon procès.

« Elle avait raison ? lui demandé-je d'une voix étranglée.

– Évidemment. Elle avait plus que raison.

– Vous n'aimeriez pas le lui dire ?

– Elle doit être très loin, aujourd'hui, dans une autre histoire, une autre famille. Mais ce n'est pas important ; ce qui compte, c'est que je le dise, c'est que je vous le dise. »

Je suis sortie m'asperger le visage aux toilettes. Je suis triste de ces malentendus, ces non-dits, ces choses anodines qui font et défont les couples. Martin doit se persuader que ses silences n'ont pas d'importance, tandis que son épouse, la Corinne que j'avais été, souffrait de ne pas comprendre... Martin est égoïste. Il n'imagine pas à quel point ses silences sont une torture.

S'il m'avait dit qu'il était malheureux, j'aurais pu l'aider et nous serions encore ensemble. Mais pourquoi fallait-il qu'il me le dise ? J'étais la personne la mieux placée pour deviner son malheur. Je me suis caché cette vérité, je n'ai pas eu envie de l'entendre et encore moins de l'affronter. Finalement, c'est moi, l'égoïste.

À mon retour dans sa chambre, Carcor a dessiné sur une feuille un point d'interrogation barré. J'ai pris le papier entre mes mains.

« Je n'étais pas heureux, car ma vie était une longue interrogation. J'avais pourtant la panoplie complète du bonheur et là était mon drame. On n'a pas le droit d'être mal lorsque l'on a tout. Ma vie était une image d'Épinal. Une vraie vie bourgeoise. Je ne m'en suis jamais plaint, je ne la trouvais pas ennuyeuse. Je n'étais pas malheureux d'être riche, ou marié, ou fonctionnaire. Malheureux, je l'aurais été en toute circonstance. Ma situation n'était pas la cause de mon mal-être. Si elle l'avait été, croyez-moi, je ne serais pas parti. Je l'ai fait parce que je devais me découvrir... me construire.

– Alors, vous n'aimiez pas votre femme ?

– Je ne pouvais pas l'aimer, puisque je ne m'aimais pas moi-même.

– Et maintenant que vous vous aimez, vous pourriez peut-être l'aimer à nouveau ? »

Tout à coup, Carcor semble pensif. Une lueur nostalgique traverse ses prunelles humides.

« Elle ne m'aimera plus. C'est son droit. Je lui ai menti, je me suis travesti en directeur d'hôpital pendant notre vie commune. Elle ne me pardonnera jamais...

– Comment le savez-vous ?

– Une intuition. »

Je veux lui crier qu'il a tort, que son mensonge ne change rien. Grâce à lui justement, j'ai enfin rencontré l'amour. À mon tour je me travestis. Nous sommes faits pour une telle histoire. Nos destins se rencontrent et nos vies dansent une valse que jamais je ne voudrais quitter. Nos vies sont douloureuses mais sincères. L'évidence de notre amour est une victoire.

Je pourrais lui dire aussi combien ses œuvres m'ont séduite, combien sa manière de voir la femme, de la modeler et de la rendre belle m'a bouleversée. Cette impasse, faite de malentendus et d'absurdités, me révolte. Pour la première fois, nous partageons le même sentiment : une tristesse profonde où le doute, le remords et le regret se mélangent.

« Non vraiment, ma femme n'aurait pas aimé que je fusse sculpteur.

– Vous vous trompez. Elle vous aime. »

J'ai laissé échapper cette vérité sans m'en rendre compte. Un instant, je suis redevenue Corinne. Il devait croire en cet amour. Malheureusement, ce n'était pas à la femme voilée, venue pour recueillir des confidences de biographe, de le lui dire.

« Vous cherchez à me la faire regretter ? Me dire qu'elle m'aime, c'est me dire que je n'aurais jamais dû partir.

– Mais non ! Non, pas du tout ! » me rattrapé-je.

J'étais en train de rompre le pacte que j'avais passé avec moi-même. Ne jamais l'aliéner, le laisser libre.

« Non, ma femme ne m'aimait pas. Elle n'aimait pas l'homme que j'étais. Impossible d'aimer un homme pareil ! Oui, peut-être qu'aujourd'hui elle tomberait amoureuse, mais alors, ce serait d'un autre homme que celui qu'elle a connu. Et pour devenir cet autre, il fallait partir.

– Je ne comprends pas pourquoi. Pourquoi ce besoin de changer de vie pour vous réaliser ? Devenir sculpteur impliquait la négation de ce que vous aviez construit ?

– Il n'était pas question de nier quoi que ce soit. Je n'ai tiré de trait sur rien, je n'ai rien oublié. Simplement, il fallait rebâtir et je ne pouvais imposer ce dur labeur à personne. Ma femme n'avait pas de raisons de le subir. Elle n'en était ni la cause ni le but.

– Mais pourquoi ne lui avez-vous pas proposé ? Vous ne lui auriez rien imposé, elle aurait eu le choix de refuser.

– Je n'aurais pas supporté son refus. Ç'aurait

été refuser ma personne, mon identité. J'ai préféré ne rien dire et partir.

– Mais vous ne pensez pas que c'est égoïste de partir ainsi ?

– Rester est encore plus égoïste.

– Et si c'était à refaire ?

– Ça ne l'est pas et puis, je pense que je referais la même chose, car en vérité, c'était une évidence. J'avais besoin de cette rupture radicale pour faire surgir ma véritable identité, ce sculpteur qui étouffait derrière le directeur d'hôpital.

– Votre femme n'aurait pas pu vous aider ?

– Mais vous ne comprenez pas ? Personne ne pouvait m'aider ! Ma femme est celle qui a fait le plus. Elle n'a pas cherché à me retenir. À ce moment-là, j'avais besoin de son silence et de sa non-assistance. C'était le seul moyen de me trouver, de me retrouver plus exactement. Il fallait que je vive seul. Mais aujourd'hui…

– Aujourd'hui, quoi ?

– Aujourd'hui, j'aimerais qu'elle soit en face de moi. J'aimerais lui expliquer mon départ subit, m'en excuser et lui montrer mon œuvre, lui apporter un peu de rêve, partager des moments avec elle. Je souffrais de ne pas pouvoir la regarder, certainement parce qu'il m'aurait plu de la sculpter. »

Mon amour, mon tendre amour, je souffre de me taire. J'ai envie d'avouer, de te dire que je suis là et que tu m'apportes plus que du rêve. Tu m'offres ce que je n'aurais jamais pu espérer. L'amour des deux hommes de ma vie. Mon mari et mon amant réunis dans ta voix au seuil de ta mort apaisent mon cœur inquiet. Mais je continuerai de me taire, parce que notre commune pudeur nous ouvre la parole. Depuis le début, nous ne sommes pas dupes de cette supercherie enfantine, et rien à présent ne mérite que tu te taises.

« Vous ne voulez pas me montrer votre visage ? Enlever vos lunettes, votre voile ? Non, c'est un souhait stupide. Je ne suis plus capable de vous reproduire. »

La situation devient de plus en plus insoutenable. Je rêve de me dévêtir et de voir mon corps naître dans la glaise. Je me suis vue achevée dans les sculptures que je recevais à la galerie, mais je ne me verrai pas naître.

« Non, je ne pourrai jamais vous sculpter.

Cependant, j'ai un cadeau pour vous. Ouvrez le placard, là-bas au fond. »

Je me suis exécutée et j'ai trouvé sur une étagère une figurine de terre, timide et honteuse. Elle doit faire partie de ses premiers travaux. Je suis émue.

« Qui est-ce ?

– C'est Corinne, une femme que je n'ai pas su connaître et qui ignore tout de moi. »

Comme un poignard, ces mots me transpercent le cœur. Je lâche l'objet sur le lit.

« Vous ne pouvez me l'offrir. Ce n'est pas pour moi, ce n'est plus moi.

– Ce n'est plus vous ? Je ne comprends pas. »

Une infirmière entre dans la chambre et je m'éclipse rapidement. La voix de Carcor résonne pendant longtemps :

« Je ne comprends pas. Je ne comprends pas… »

IX

Martin s'est acheté un sandwich et a téléphoné à sa femme pour lui dire qu'il rentrerait tard, qu'elle ne l'attende pas pour dîner. Par chance, il n'a pas eu à affronter sa voix ponctuée de blancs difficiles à combler. Il est tombé sur le répondeur. Il a hésité, bafouillé à la suite de sa propre voix enregistrée sur la bande sonore. Il ne reconnaît jamais cette voix impersonnelle. Pourtant, c'est la sienne.

En ce week-end de la Toussaint, l'effectif du personnel hospitalier est réduit de moitié, et l'absence des blouses blanches donne à l'édifice un aspect que Martin n'apprécie guère. Les pas dans les couloirs résonnent de façon plus grave et plus intense. La souffrance sur les brancards paraît plus réelle et plus dure qu'à l'ordinaire.

Des feuilles traînent sur son bureau et, entre les résultats comptables, il esquisse de petites fleurs enfantines. Il s'amuse à faire glisser le nom de sa femme dedans. Le C enveloppe le O où se loge le « rinne ». Il sépare les syllabes, ne garde que le « cor ». Étrange façon de préserver en elle ce qui lui plaît le plus.

Il se perd entre les anagrammes et les rébus, puis d'un geste brusque, rature les errances de son esprit jusqu'à ce que l'encre bleue recouvre entièrement le papier blanc. Il s'ennuie. Il a peur. La froide mort qui viendra au réveil, cueillir des patients, l'angoisse. Il éprouve l'envie de connaître ces prochains défunts, comme s'il craignait de passer à côté d'une belle histoire. Il pense alors à tout ce qui se déroule de l'autre côté de la rue, de l'océan, à ces histoires dans lesquelles il n'aura jamais le moindre rôle. C'est aussi difficile que de s'imaginer mort. C'est s'avouer que pour l'humanité entière, il n'est jamais né.

En quittant son bureau, il se persuade qu'il est encore en vie. Il s'engage dans le labyrinthe blafard de l'hôpital. Son ombre géante le devance sur le sol sans qu'il puisse la rattraper. Trouble obsessionnel convulsif, il connaît cela. Il l'a entendu dans une conversation entre internes. Une étrange folie monte en lui ; irréversible et toujours latente, une folie propre à l'angoisse qui lui fait avoir peur de lui-même. Il faut alors éviter à tout prix d'être seul, fuir la solitude, sa pire ennemie. S'interdire de se regarder trop longtemps dans le miroir pour ne pas risquer de se flageller. Il avance rapidement, ses pas giflent le carrelage et son corps penché semble vouloir semer un tueur irréel. Il lui jette un coup d'œil furtif par-dessus son épaule, vérifiant que le néant est sur ses talons.

Martin sait que la solitude le rattrapera s'il reste dans ces couloirs. Il pousse la première porte battante, au hasard. Il ne réalise pas immédiatement. Il est en salle de réveil...

Dans cette pièce à cheval entre le monde des vivants et le néant, une dizaine de lits, flanqués d'une machine qui trace des pics verts réguliers, sont alignés. Des hommes verts, soigneusement habillés d'une blouse, d'une charlotte et de petits chaussons en plastique sont allongés. La lumière des réverbères, qui fuit le long des rideaux baissés, éclaire faiblement les visages des opérés. Martin s'imagine qu'ils méditent. Leur figure est si reposée que l'on a du mal à croire que leur corps vient d'être mutilé par les scalpels et les bistouris. Seuls les tuyaux des assistances respiratoires et le bruit continu des machines permettent encore de se savoir à l'hôpital.

Martin traverse ces fantômes d'un pas maladroit. Il lorgne les paupières baissées, aux aguets d'un réveil prématuré. Il marche jusqu'au bout de la pièce et s'adosse au mur, afin de reprendre ses esprits.

Les machines continuent de chanter et les opérés de dormir, mais Martin, enclin à une paranoïa, redoute le sursaut d'un bonhomme vert. Son cœur bat plus vite que les métronomes respiratoires. Il n'est pas en rythme et déjà, son corps se réchauffe. Il fixe la porte battante par laquelle il est entré pour éviter d'affronter le visage des espions endormis, et décide de quitter l'endroit au plus vite. Il avance lentement, rebroussant chemin, le regard scellé au petit carreau vitré de la porte.

Il se concentre, compte les pas qui le séparent du couloir et réalise l'incongruité de sa présence. Il prie pour que personne ne soit dans le couloir lorsqu'il ouvrira la porte. Le témoin baisserait la tête, ferait preuve d'une discrétion hypocrite, mais les jours suivants, on parlerait du directeur en chuchotant. On se tairait lorsqu'on le verrait arriver et on échafauderait des hypothèses que l'on exporterait au-delà des frontières de l'hôpital. Martin s'imagine déjà dans un dîner en ville, à un vernissage, au bras de sa femme. Un homme moqueur, une vraie pipelette de l'acabit d'Allote, le directeur de Corinne, doué pour capter l'attention de son auditoire idiot. Il lancerait très fort : L'administration, mes amis, n'est plus ce qu'elle était ! Au temps du Général. On vit une drôle d'époque. Tenez, par exemple, le directeur de la « Salpé » qui est nommé par le Premier ministre en personne, eh bien, en ce moment à la tête de cet établissement, nous avons un malade sexuel ! Martin entendait les oh, ah qui suivraient la révélation et le gros monsieur reprendrait : Je vous assure, mes amis, ma source est formelle ; un ami médecin, un soir de garde... Il sortait de la salle de réveil ! Les corps endormis, avouez que c'est un fantasme curieux, tout de même. Corinne marquerait une petite pause, le dévisagerait et demanderait confirmation. Il n'oserait pas mentir. Elle ne chercherait pas à comprendre. Elle le lâcherait et l'abandonnerait dans la faune des Allote enragés.

Il est en train de se faire quitter par sa femme, au beau milieu de l'allée de la salle de réveil, lorsqu'il croit entendre un bruit bizarre. Il tourne brusquement la tête et son œil tombe sur une jeune femme allongée sur l'un des lits. Il s'arrête, le corps neutralisé par le spectacle qui s'offre à lui. La femme à la verte charlotte est Corinne... Elle est belle, si belle qu'il en est paralysé. Son œil est aimanté au corps endormi, indomptable.

Il n'a jamais vu de physique semblable. Ce visage offre des proportions idéales, créant une harmonie quasi irréelle. Les lignes s'imbriquent les unes aux autres dans une telle perfection que l'humanité semble s'être envolée pour laisser l'art triompher. Il se recueille devant le front large et lisse, devant la paupière bombée. Les longs cils recourbés se détachent les uns des autres dans la pâleur de la nuit, et Martin aurait voulu les cueillir comme lorsque, dans son enfance, il arrachait soigneusement les pétales des marguerites qui lui chantaient l'amour.

La jeune femme a la joue creuse et les pommettes saillantes sous sa peau de nacre. Sa lèvre retroussée dévoile sous la sécheresse maladive une teinte rouge presque grenat qui rappelle quelques-uns de ces fruits exotiques dont la couleur vire au soleil. Martin enrage de ne pouvoir y goûter. Il s'approche, mais son ombre assombrit le sujet, et il se refuse à l'enlaidir. Il préfère se priver de la toucher plutôt que d'altérer sa beauté. Il recule de nouveau pour laisser les elfes et les sylphes, ces petits génies élémentaires de l'air, reprendre leur place, et c'est avec bonheur qu'il demeure devant elle, immobile, heureux de pouvoir se recueillir et s'adonner à une absolue contemplation.

Le génie de cette inconnue réside dans sa non-résistance. Alors que toutes les femmes ont soutenu son regard au point de lui infliger une culpabilité ravageuse, celle-ci s'offre à lui de façon absolue. Même au plus profond de son imagination, il n'a pas rencontré un tel abandon. La fille sans tête, la fille d'argile qui hante ses nuits est d'ailleurs la plus pugnace.

Son corps se réveille toujours à la moindre de ses caresses, l'épidémie granuleuse se propage sur toute la surface de son épiderme et une danse excitée, macabre, agite son bas-ventre dans une démence diabolique. Pour la première fois, il se trouve face à ce qu'il attendait : une présence absolue d'un corps se donnant dans toute son essence, sans rien attendre en échange. Il n'est plus ce miroir qui a le devoir de renvoyer l'image que la femme se fait d'elle. Inconsciente, elle n'exige rien. Il est libre et rien en lui n'est coupable. Son regard a le droit de se perdre, et son corps celui de ressentir toutes les extravagances. À l'affût de lui-même, Martin se prépare à saisir le dérèglement de ses sens. Le bouillonnement sourd d'une énergie lui foule le ventre. Il se trouve une identité tapie au plus profond de son être comme on découvre une femme que l'on est voué à aimer. Cette femme qui dort en face de lui est celle qui naît en son for intérieur. La féminité prend forme en son corps, le réconcilie avec lui-même, l'emporte légèrement vers un absolu dont il n'a jamais eu la moindre idée.

Un sourire radieux et neuf s'est accroché à ses lèvres et dans ses yeux scintille une lueur triomphante. Transcendé, Martin s'est délivré de son passé, de ses angoisses, et de la médiocrité de son existence. Il est heureux. Il ignore la cause de ce bonheur soudain, mais ce n'est pas important. Désormais, il sait qu'il peut être heureux.

L'anesthésiée se réconcilie avec la vie. Elle entrouvre les yeux et bouge quelque peu. Elle est redevenue une femme en deçà d'un chef-d'œuvre. Martin n'a plus besoin de la contempler. Il quitte la salle de réveil.

X

Carcor a dit : J'aimerais qu'elle fût là, j'aimerais lui expliquer, la sculpter.

Il l'a dit, je n'ai pas rêvé. Ces mots sont naturellement sortis de sa bouche, comme une douce mélodie que j'entends encore. Il l'a dit. Sincèrement. Je ne l'ai pas forcé. Ni couteau sous la gorge ni chantage. Parole libre, liberté de conscience. Cette liberté que nous nous sommes promise nous rapproche et, libres, nous nous aimerons. Enfin, je crois… et si c'était un leurre ? À cette heure avancée de notre histoire, que m'est-il permis de croire ? La réalité, mes rêves, mes espoirs, les siens, tous se confondent et s'entremêlent et de nous quatre, il n'y aura que deux survivants.

Carcor est redevenu Martin, avec quinze ans de plus, sa sculpture et son bonheur. Mais que reste-t-il de moi ? Et surtout, de moi devant lui ? Une quelconque galeriste, attachée à un de ses artistes. Une femme frigide, traumatisée par des amours ratées. Un semblant de moi-même, perruqué, voilé, imposteur. Comment redevenir Corinne, la femme aimée ?

J'ai joué et je vais perdre. De mon travestissement, il ne restera plus rien. C'est injuste. Carcor a pendant si longtemps revêtu le costume de Martin que je pense avoir le droit, moi aussi, de m'offrir un autre visage, déguisement pudique pour une rencontre insolite. Et voilà qu'encore une fois il me faudra payer !

Carcor est redevenu Martin, jamais plus je ne serai Corinne. Notre histoire est impossible. C'est une romance à deux temps, pire, à contretemps.

Il aime celle que j'étais et j'aime celui qu'il est devenu. Mauvais timing, disent les Anglais. Absurdité temporelle, ironie du sort, malentendu ridicule, coup de dé raté, bluff échoué, mauvais concours de circonstances, pas de chance, triste fortune, acte manqué, bizarrerie du hasard… et cætera, et cætera.

Je cherche le coupable comme s'il devait y en avoir un pour que ce soit supportable, mais je ne sais où le trouver. Si c'était lui, sa mort me vengerait, si c'était moi, je travaillerais à me punir le reste de ma vie. Mais aucun acte, aucun silence ne sont imputables à quiconque. Il ne m'est pas permis de nous juger et là est bien mon drame.

Désespérée, je marche dans la ville. Paris grouille de ses habitants vivants, petite vérole qui jaillit de toutes parts. Dans notre ancien appartement de Boulogne, dans l'ex-bureau de Martin, une autre vie, une autre histoire se déroule. Un couple joue à nouveau la comédie, derrière des rideaux qui n'ont plus la même couleur. Je sonne, parce que je n'ai rien de mieux à faire. Une bourgeoise endimanchée, ni plus ni moins que moi, me demande d'un air effrayé si elle peut m'être utile. Non, pas vraiment... Et puis si, peut-être. Connaît-elle Corinne, la maîtresse de maison ? Non, pas de Corinne. Plus de Corinne. Elle n'existe pas... Existe plus ? Alors, je suis morte ? Ressuscitera-t-elle ? Ah bon, je suis folle. Mais non, pas du tout, ce n'est pas moi, c'est Carcor qui la cherche. C'est lui qui veut la voir, la sculpter. Pas moi. Lui. Il me l'a dit. Vous ne comprenez pas ? C'est pourtant simple. Sa femme, vous savez, celle qui habite ici, avec lui… Quand ? Mais tout le temps ! Hier, aujourd'hui, demain… Non, ne priez pas, je m'en vais… Oui, oui, je pars, mais ne priez pas ! Si, priez pour qu'elle lui revienne.

La femme entre de nouveau chez nous – chez elle – remonte l'escalier, réapparaît derrière les rideaux, regarde par la fenêtre. Je connais cet angle de vue. L'immeuble d'en face et son balcon fleuri du troisième étage, le reflet de Martin allongé sur le lit, dans le miroir de la coiffeuse. Aujourd'hui, l'image dans cette glace est sans doute un mélange de notre histoire et de la leur.

Dans le quartier, personne ne me reconnaît. La boulangerie de l'angle est devenue une agence immobilière, dont les vitres me renvoient violemment une vision défigurée, une fanatique, ébouriffée à l'œil hagard. Une orpheline dans la ville.

Qui est cette vieille sans allure, au postiche et au regard absent, que je vois marcher le long du trottoir ? Rien. Une figurine éphémère. Un pantin. De toute façon, je l'ai voulu ainsi. Lorsque je l'ai fabriqué, en cette nuit de désespoir, la veille de notre rencontre, je le savais bien. Oui, j'avais dit ce sera une duperie que j'enverrai en ambassade, loin devant moi, pour recueillir tes confessions. Alors quoi ? Les confessions s'achèvent et, avec elles, la mission de la figurine.

Mais comme je ne sais plus redevenir Corinne, il ne me reste pour toi que cette supercherie. Et si celle-ci disparaît, il ne restera plus rien. Je serai morte avant que tu ne t'éteignes.

Le mensonge va me tuer, et je souffre de cette injustice. Car en vérité, je ne t'ai pas menti. J'ai simplement voulu arranger la réalité, bien que malheureusement, je n'aie fait que l'enlaidir. Je voulais juste être inconnue de toi pour que tu te confies sans gêne, pour que tu me livres ton secret, et que je comprenne enfin notre histoire. Ai-je commis le crime de déterrer une histoire morte ? Mais non, elle ne l'est pas, puisque notre amour est toujours ardent. Dissimuler mon identité ? Dans ce cas toi aussi, tu es coupable ; tu as enfilé le costume de Martin et tu m'as caché le Carcor qui fleurissait en toi.

Carcor, Martin, ne m'en veux pas. Ne pars pas sans me reconnaître, ne laissons pas fuir le temps précieux où nous ne serons plus que deux êtres à part entière, aimant et aimé.

XI

France Info balance les nouvelles du jour. Une vague de froid arrive du Nord, anticyclone en perspective, statu quo dans le conflit au Moyen-Orient, nouvelle réunion au sommet, à l'Élysée, rendez-vous hebdomadaire, un mercredi matin tendu, les cours de la seconde liste, Jean-Pierre Gaillard s'applique...

À côté, la tension monte. Le PSG en seconde division dans une ville de l'Est, les blouses blanches sont tout ouïe, elles se soulèvent, retiennent leur souffle, serrent les poings, ça y est, elles hurlent, leurs cris se mêlent à la voix nasillarde du commentateur sportif. Quelques secondes seulement, des applaudissements, des vénérations, des ovations. Le calme revient, les blouses retombent sur leur chaise. Un briquet s'actionne, une canette se décapsule, un portable sonne et des implorations de silence suivent.

Martin scrute les bruits depuis son bureau, les décortique, les analyse. Il n'a pas le cœur à se mêler aux internes. Il n'y est de toute façon pas convié. Le directeur a du travail pour rester si tard. Personne ne le distrait, personne ne le dérange. Vingt et une heures trente à l'horloge de son bureau. Corinne est à la FIAC, porte de Versailles. Elle n'a pas insisté lorsque Martin a hésité : Je ne pense pas pouvoir venir, j'ai du travail en retard. Elle n'a pas réitéré sa proposition et elle a dû se préparer devant sa petite coiffeuse années trente, en acajou verni, qu'ils ont acheté ensemble, un dimanche matin dans une brocante, à l'époque où ils s'aimaient encore. Assez du moins pour partager des dimanches matin. Elle a dû mettre son nouveau rouge à lèvres, très rouge, rouge sang, celui de la publicité pour Dior. Sans l'aspect glacé du papier, la femme fatale devient la femme violente, le mannequin une lèvre froide sur laquelle on craint que les baisers soient déchiquetés. Avec son chignon, son grain de beauté à la lisière de la nuque, elle arpente les allées du Salon. Elle cherche un artiste qui vaut le détour. Elle navigue entre les toiles et les hommes. Un regard de velours vissé sur ses prunelles. Elle sait encore le faire. D'un coup de crayon, il immortalise ces yeux sur un angle vierge de calendrier, dans l'angle non imprimé. Le mois de janvier, les deux yeux de Corinne... Art figuratif, expressionnisme... Un nouveau concept ! Martin rit, épuisé de se battre, d'être seul, prisonnier dans son bureau minable où il étouffe. La vie continue derrière sa porte, mais il ne sait plus comment se réconcilier avec elle. Il n'est plus diplomate, il a perdu l'art et la manière. Le portable de Corinne est sur messagerie. Le foot le déprime. L'humour macabre des médecins de garde le terrifie. Le silence de son appartement lui est insupportable, les putes de la porte Dauphine sont une sale habitude à ne pas prendre, les comptoirs de bar une déprime affichée, une existence malheureuse avouée et assumée. Il n'en est pas encore là. Vingt et une heures cinquante, l'horloge est paresseuse. Le temps se fait désirer. Martin est fatigué de l'attendre. Il aimerait être bien, quelques instants seulement. Arrêter de penser, de réfléchir, d'envisager, de bouillonner. Comme un funambule, il sent sous lui le fil d'un rasoir inquiétant, dangereux. Le vide est partout. Un faux pas et il lâchera tout. Il n'a pas de filet, pas d'entraînement ni de seconde chance. C'est la première, la dernière. C'est la générale, l'unique représentation. Sur son front, goutte-à-goutte de torture, perlent des gouttes de sueur. La peur est là, en lui. Le journal est ouvert à la page nécrologique. Il ne connaît personne dans les morts du jour, pas même un homonyme ou une vieille connaissance. Ce sont de simples étrangers. Il ne les imagine pas, malheureux, angoissés, sur le chemin du trou. Gentils camarades accomplissant leur devoir dans l'espoir d'en avoir eux aussi, le jour où il *faudra* partir. Certains noms imprimés dans la rubrique sont peut-être là, tout près, à l'Institut médico-légal. Quel est le visage de Bertrand Valançon ? Combien pèse Gisèle Landry ? Quelle est la couleur de Salomé ?

Martin se lève brusquement pour se débarrasser de ces errances dangereuses. La folie n'est pas loin. L'air s'oppresse. Il suffoque, son mouchoir de poche dans la main, trempé de la sueur de son front. Il quitte son bureau à la hâte, claque la porte derrière lui et se dirige vers la morgue. Un besoin de devancer l'angoisse l'envahit. Dans le couloir, il accélère le pas, baisse la tête, se fait discret. Les infirmières, patients et médecins ne sont pas surpris. Il respire autour de lui le parfum d'une fausse indifférence. Ses pas glissent, se soulèvent à peine, essaient de rattraper son ombre.

Devant la chambre froide, Martin reprend son souffle. Cette partie-là de l'hôpital est calme, voire endeuillée. La voie est libre. Il ouvre la porte et se glisse dans le monde funèbre.

Des rectangles par milliers l'entourent. L'horreur le saisit. Vissé à la porte d'entrée comme s'il voulait s'y fondre, il n'ose plus bouger. Il comprend alors qu'il n'est pas à sa place; la folie l'a conduit là où la raison le tenait à l'écart. Une odeur de formol inonde l'atmosphère. Un long frisson traverse son corps quand il réalise que dans quelques heures, les corps des défunts se retrouveront sous terre pour l'éternité. Il pense aux âmes qui errent au-dessus de lui. Sa nécrophobie lui revient.

Il fait quelques pas dans le vide pour se tranquilliser, pour se sentir vivant. Il s'avance près des tiroirs, se penche sur les étiquettes plastifiées. Les noms inscrits lui sont tous familiers. Il a oublié ceux du *Figaro*...

La tentation est grande. Martin cède à ses pulsions. Au hasard, il se penche sur un des casiers, puis sur un deuxième. Il s'approche du troisième, revient sur le précédent, recule. La sueur coule, le regard a quelque chose de fou, la main un tremblement qui ressemble à la démence. Il caresse le plastique, enfonce sa main dans sa poche, va et vient. Son visage lugubre préfigure le funeste. Il le frotte de ses paumes moites et sinistres, sales, profanes. Il tourne dans la pièce froide comme autour de la porte Dauphine. Fait des tours, des p'tits tours. Plus de voiture pour le protéger, de prostituées pour l'égarer.

Dans un excès de rage et de désespoir, il saisit une des poignées. Le chariot glisse sur ses roulettes aériennes et un corps sort du tiroir. Martin demeure un instant immobile, pétrifié par le geste qu'il vient de commettre.

La silhouette n'a pas une allure morbide. Longiligne, elle pointe vers le ciel aux deux extrémités comme une barque aux rebords pointus. Elle le rassure plus qu'elle ne le tourmente. Une fermeture Éclair coupe le corps en deux. Martin est tenté d'attraper le curseur pour le faire descendre jusqu'en bas, mais il craint de séparer ce que cette fermeture soude. Il se surpasse, fait glisser le curseur le long des petites dents de métal. Un bruit de ferraille se mêle au tic-tac régulier de l'horloge.

Sous la housse, le linceul apparaît. Il effleure l'arête nasale et, sous ses doigts, devine un visage angélique. Il est anxieux, il est curieux. La culpabilité se retire sans bruit, avec la discrétion d'une jeune femme de bonne famille. Les masques tombent. Martin se représente le doux visage, encadré par une abondante et soyeuse chevelure. À présent l'espoir le remplit, la beauté le réconforte. Il attrape délicatement le drap pour le décoller de la morte. Au fur et à mesure qu'il le soulève, l'étendue blanche s'aplatit et se lisse. La morte renoue avec le funeste. Martin ferme ses yeux et baisse le drap. Ses paupières sont crispées sur ses pupilles impatientes, sa respiration s'emballe. Il veut prendre son temps, découvrir le visage solennellement, avec le respect que réclame le spectacle de la beauté et de la mort. Il se décide enfin à desserrer ses muscles oculaires, la terreur l'électrocute.

Ce qu'il voit, Martin ne l'oubliera jamais. L'image restera gravée comme une blessure qui ne cicatrise pas. La morte est vieille et hideuse. Elle a cette laideur misérable révélatrice de la précarité du genre humain. Le masque de souffrance dans lequel le visage s'est figé terrifie Martin. Chaque trait, chaque ride a pris le pli de la douleur et cette femme ne trouvera jamais la paix. Elle est condamnée à la souffrance éternelle. Immobilisée dans un masque de craie, elle ressemble aux monstres carnavalesques, mi-humains, mi-démons, qui errent en février dans les ruelles de Venise. Deux crevasses creusent le visage des excroissances osseuses, les pommettes feues, jusqu'aux commissures de la bouche privée de lèvres, ouverte sur des dents noires et gâtées. Elle n'a pas sur elle la sérénité que Martin imagine revenir de droit à tout homme, comme l'expression ultime de la dignité de sa condition. Sur le front bleui s'est fixée la douleur, et de celle-ci irradie l'épouvante. Il attrape la main de la vieillarde et cherche sur sa paume les traces d'un chemin de croix, mais les lignes se sont déjà effacées. Elle n'est plus qu'une demeure abandonnée. Une dépouille.

Un goût nauséeux traverse son palais et Martin est pris de douloureux vertiges. Il s'empresse de ranger le chariot, puis s'effondre sur le sol. Il est venu jusqu'ici car personne ne lui a tendu la main, il se retrouve parmi les cadavres parce qu'il n'a plus sa place ailleurs. Auprès de Corinne, il est devenu une transparence, auprès des autres, l'inconnu qu'il a toujours été. Dans son bureau, les morts, derrière leurs patronymes, lui ont semblé plus rassurants que la solitude et il a fait le choix le moins mauvais. Il a commis une monstrueuse erreur, une erreur fatale qui ne le quittera désormais plus. La mort sans visage est contournable ; avec, elle devient insurmontable.

Il ravale ses sanglots et se redresse. La lumière blanche des néons l'aveugle et il ne discerne plus ce qui est vrai. Il veut se sauver de cet endroit macabre, mais il ne vivra jamais plus avec cette vision de la mort.

Il cherche dans le registre des décès le plus jeune des cadavres. Lorsqu'un 24 lui saute aux yeux, Martin retrouve un espoir diffus et malsain.

Marie Vassier, 24 ans. Martin effleure l'étiquette de sa main tremblante. Il est fou, enragé. Il empoigne violemment le tiroir, tire le corps jusqu'à lui. Il ouvre la housse et dévoile avec sang-froid le cadavre.

Il reste figé devant le corps de la jeune fille. Il a envie de déglutir ; la salive ne vient pas. Ses membres ne répondent plus. Il est sous le choc.

La jeune femme n'est ni belle ni laide, mais la mort n'a pas d'emprise sur son corps. Le visage diffuse une lumière diaphane, sereine, qui le calme immédiatement. Il la regarde comme il admirerait n'importe quel autre objet.

Il est debout devant la chose, au milieu de la morgue. Ce n'est que du décor, du superflu et il l'a oublié. Dans un musée ou à la morgue, dans la vie ou dans la mort, quelle importance ? Martin est entièrement conquis par ce corps, par la clarté de ce corps, par la douceur de ce corps. Il commence à se balancer d'avant en arrière, et de plus en plus vite, d'avant en arrière, il remercie, il remercie inlassablement, vénérant l'instant d'apaisement qui lui est accordé. La fille est venue à lui comme un contre-exemple de la première dépouille, avec le doux réconfort de la mère qui rassure l'enfant apeuré. Et il veut témoigner sa gratitude. Alors, un chant religieux jaillit de ses entrailles, monte doucement au ciel, intense et sincère, livrant son admiration et sa reconnaissance pour le divin. Il remercie la mère rassurante au-delà de la morte, et la vie au-delà de la mère et le divin par-dessus tout, de plus en plus fou d'envieuse envie de faire comme l'Un, d'être cet Un capable et doué de tant de merveilles. Il sent le bonheur, le doux bonheur que d'être cette Main fertile, ce Prestidigitateur aux secrets mystérieux, créant et recréant, inventant et réinventant la magique lumière, dessinant et redessinant sans cesse l'éternelle beauté.

Merci, merci, merci, dit-il avec ferveur, toujours de l'arrière vers l'avant, balançant son corps avec respect, acceptant la supériorité et l'indéniable talent du Créateur. Il remercie encore pour le spectacle inouï qui lui est spécialement dédié.

Enfin, il se risque à toucher le merveilleux et frôle le visage de la morte, se laissant guider par les traits réguliers de la paisible figure. Puis il parcourt d'un œil distrait son anatomie et s'arrête sur son ventre. Il est subjugué par la beauté de la madone et il ne réalise pas immédiatement la signification de cette rondeur. Quand il comprend la défunte promesse de ce ventre gonflé, il tâte de ses paumes l'endroit désormais infertile, désireux malgré lui de percevoir la vie au-dedans de la mort. Bien sûr il ne sent rien, mais cette absence le laisse serein. La femme n'en est que plus belle. Elle est celle qui a refusé le fatal arrachement de l'être au sein maternel et, dans ce refus sacrificiel, elle lui apparaît telle une héroïne. En elle, il voit la victoire de l'amour absolu entre la mère et l'enfant, à jamais unis jusque dans la chair. Il envie cet enfant, ce mort-né qui ne connaîtra pas la souffrance de la séparation et la comédie humaine. Il n'aura pas à se battre pour l'unité perdue. Et sans doute l'envie-t-il davantage pour avoir fait de son giron son tombeau, sépulture magnifique et envoûtante. Martin a d'abord contemplé la morte comme un objet inanimé, l'œuvre d'un artiste au génie absolu, puis il a vu en elle l'enveloppe du sublime. Elle porte l'indicible mystère, le secret aux confins duquel la vie et la mort s'allient. En ne la lâchant plus du regard, Martin croit pouvoir saisir ce qui le pousse à la limite de la démence. Riche de l'énigme qu'il lui prête, la mère n'appartient plus au monde ; elle s'est hissée au rang d'idole. Il continue d'ailleurs à se balancer de l'avant vers l'arrière dans un mouvement convulsif qui le conduit à l'extase. Il est sur le point de sortir de lui-même. Le désir de la révélation traverse son corps de spasmes violents. Des bruits de pas résonnent dans le couloir.

Il est proche de sa vérité, mais la réalité le rappelle à l'ordre, lui interdit d'aller plus loin. Il referme la housse, replace le chariot dans son casier.

Le bruit qu'il vient d'entendre est certainement le fruit de son imagination, un sursaut de réalisme qui lui a fait prendre conscience de son imposture. Lorsqu'il se retrouve dans le couloir, son émotion est telle qu'il lui faut la partager. Raconter cette rencontre étrange, folle, dangereuse, la vérité que ce corps lui a enseignée. Il faut la dire, la faire éclater.

Il quitte sur-le-champ l'hôpital, monte dans sa voiture et fonce rue Bonaparte. Il gare sa voiture devant la galerie où il a aperçu Corinne pour la première fois, sans faire exprès, et se dirige vers les Beaux-Arts. Il n'y est jamais revenu, en quarante ans. Des souvenirs par dizaines lui reviennent. Son père en blouse blanche, une spatule à la main, les doigts pleins de terre, l'œil plissé en direction de la lumière, et lui derrière, en culotte courte, amusé par les constructions paternelles. Des années plus tard, une des salles à très haut plafond, la voix autoritaire du père réprimandant une élève négligente. Puis, de nouveau la voix posée, douce, passionnée, décrivant le corps avec volupté et délectation. Un poème, un hymne, une ballade, des mots et des métaphores, son langage pour retranscrire la beauté. Le vide. Un cimetière, un caveau, un cercueil. Une blouse blanche sans forme pendue à un portemanteau, abandonnée à vie. Martin n'a pas dix ans et *Le Grand Ves-*

tiaire pour tout comprendre. Un legs paternel peu éloquent pour un petit garçon. Il a gardé la blouse blanche en souvenir et aime en voir à l'hôpital. Les taches de terre ont remplacé les taches de sang, mais la blouse est restée.

Ce soir, il est redevenu ce petit garçon en culotte courte et son père lui manque. Lui seul, l'esthète, le sculpteur, le maître aurait pu comprendre le spectacle de la beauté sur son être. Il ne l'aurait pas blâmé de s'être recueilli devant un cadavre, lui qui passait des heures à vénérer la nature. Il aurait trouvé les mots, les regards, les silences complices pour que son fils ne sombrât pas dans la folie. Martin se souvient à peine du défunt, mais seul un père pourrait comprendre.

Martin reste un long moment devant la grille de l'école. Il pleure à retardement un père qui ne lui a jamais vraiment manqué. Une petite pluie s'est mise à tomber et dans la brume, il cherche sa silhouette rassurante et paisible dans la grande cour, sur les pavés mouillés. Parce que la cour demeure sourde à ses appels, il remonte la rue Bonaparte, dépasse la rue Jacob, longe les antiquaires jusqu'à la place Saint-Germain. L'église gigantesque s'élève devant lui, plus humaine que lorsqu'il la regardait dans les bras de son père. Las et désespéré, il s'écroule et se confesse :

« Ô, mon Père, viens-moi en aide. Je suis mauvais, je suis pécheur, pire, non croyant. Mais toi, qui as toujours cru, écoute-moi car à présent je dois parler ! Mon cœur saigne et toujours au fond de moi, cette voix odieuse me déroute ! Elle est obscène, elle m'envoûte. Je ne peux lui échapper, folle vaporeuse qui s'agite dans mon âme, traversant, furieuse et sublime, mon regard admiratif ! Et je la laisse s'interposer entre nous, entre le monde et moi, entre la vie et la mort, et elle danse, elle danse, la belle furie, se dérobe sous mes doigts quand je l'approche, mais toujours présente lorsque, de bonne foi, je m'apprête à accomplir mon devoir conjugal ! Alors elle se glisse entre nos deux corps, plaque sur le visage de ma femme son sourire ignoble de beauté, et alors, alors… Immobile, de glace, je me retire car elle est le divin et le sacré, elle est la pureté et la sainteté. Devant elle, je ne peux plus rien. J'essaie de la tuer, de l'anéantir, mais en vain. Comme dans mes rêves, sa silhouette se liquéfie et quand il ne reste plus aucune trace de cette merveille, mon âme retombe sur le corps de mon épouse, haletant et animal. Triste chute sur ce corps promis à la mort qui sécrétera jusqu'à la fin d'ignobles substances de vie. Tristesse que ce corps débridé, endiablé de désir, épileptique et profane.

« C'est lui, c'est ce corps que je veux tuer. Oui, tuer ! J'aime mon prochain, mon Père, mais mon prochain est devenu une bête, grossière et sauvage. Ce n'est plus une créature de Dieu, c'est un objet satanique qui ne croit plus en rien, une païenne qui se tortille de façon maladive, laide et monstrueuse, la païenne ! Ô mon Père, aide-moi ! Moi, le non-croyant, le pécheur, l'impuissant et le mauvais mari, aide-moi ! Car comme toi, je suis le seul homme respectueux de la divine création. Oui, je savoure chaque œuvre qui de Sa main est née, chaque silhouette qui par Sa volonté est venue à moi ! Et de peur d'abîmer ce saint chef-d'œuvre, de peur de salir ce travail si pointilleux, si parfait, je refuse toute compromission. Trop beau, trop pur, mon Père, pour oser l'acte profane ! Sacrilège, que de vouloir goûter cette merveille, oui, sacrilège que de salir de ma semence l'enfant de Dieu, et sacrilège encore, l'envie de culbuter le divin !

« Mais seul à voir cette beauté humaine, seul à comprendre la sainte création, et seul encore dans la contemplation, je suis puni pour mon absolu respect !

« Toi qui n'as cessé d'idolâtrer la beauté, qui en as fait ta muse, ta raison de vivre, ta passion, comprends-moi ! Entends mon cri et ma douleur, ma dévotion pour l'éternelle beauté ! Descends, viens avec moi loin du néant, balade-toi entre les christs et les vierges, et tu te souviendras ! Oui, reviens et marchons ensemble entre les cierges flambants, douce lumière sur la peau glacée du Sauveur ! Sur ses hanches et sur ses fesses bombées ! Laisse-toi happer par ces merveilles, regarde ses muscles saillants se tendre à l'infini, et son corps entier se donner au regard des hommes ! Que font-elles, ces dévotes, quand, à genoux, elles se confessent devant le bellâtre ? Que font-elles encore lorsque, baissant les yeux pour contenir leur folle admiration, leur hystérique excitation, elles se courbent en avant, signe d'infériorité ? Eh bien, mon Père, tu ne l'as pas oublié ? Elles acceptent sa supérieure beauté, voilà ce qu'elles font ! Soumises à son charme, elles se privent d'une contemplation, dangereuse pour leur couple. Dans leur lit, dans le noir, lorsque l'époux graveleux et bestial, affalé sur elles se fatigue, les dévotes, encore et toujours, ne pensent qu'à Lui ! Oui, toutes sur la couche hurlent son nom, et des milliers de psaumes et d'injures sortent de leur bouche humide, entre deux baisers ou deux morsures. *Mon Dieu*, diront les prudes, tandis que les plus audacieuses oseront *Nom de Dieu*, et ailleurs, dans une autre ville, une autre histoire, on entendra crier *My God*, parole bénite parmi les grincements de lit !

« Oui, c'est à sa beauté parfaite que toujours elles pensent, cette beauté sacrifiée qui sur la croix à jamais les rendra folles ! Oui, c'est toujours de la beauté qu'elles se réjouissent, incrustée dans le corps, par-delà la mort ! Car le Fils est bien mort ! Et elles ne cessent de le vénérer, oublient le funèbre et le macabre, ensorcelées par la jolie figure du Martyr !

« Alors, mon Père, quel est mon crime ? M'être recueilli devant un cadavre, avoir touché la dépouille et pire, m'en être émerveillé ? Mais que font les bons chrétiens, sinon la même chose que moi ? Ils chérissent, ils adulent, ils vénèrent la brebis galeuse du judaïsme qui est mort, lui aussi ! Le corps du Sauveur détruit par le temps leur a été enlevé, et ce n'est que pour mieux le retrouver qu'ils en ont appelé à l'art. S'il avait été conservé dans du formol, tous les pèlerinages auraient eu lieu devant son flacon.

« Alors, mon Père, ne te méprends pas. Je ne suis pas fou. Je dis tout haut ce que les autres pensent tout bas, ce que les hommes et les femmes contiennent au fin fond de leur solitude. Je bannis le mensonge et la traîtrise. Lorsque je dis que la Vierge est sublime, que je n'ai jamais vu de femme aussi bien dotée, que sa beauté dépasse l'entendement humain, je ne blasphème pas. Et lorsque je te fais part de mon bonheur devant la beauté d'un cadavre, quand je t'avoue que le corps me fascine lorsqu'il est en vie, et peut-être davantage lorsqu'il est mort, je ne blasphème toujours pas. Je dis simplement la vérité, notre vérité.

« Si pour être heureux, compris et aimé, il faut salir la création divine en la rouant de caresses et de coups de reins, eh bien je réitérerai le péché originel, et je me prendrai pour Dieu ! J'inventerai ma terre et mes saintes et mes hommes respectueux du travail accompli ! Je créerai mes femmes, déesses de beauté ! »

XII

La nuit tombe sur la ville, comme un rideau qui se baisse. Le décor est presque démonté.

Je cours éperdue pour ne pas manquer le salut final. Le dernier acte ne se jouera pas sans moi. Je cours comme jamais je n'ai couru. Endiablée, furieuse. Le temps va m'attendre. Il avance au ralenti pour que je rattrape ces heures d'errance. Je cours de plus belle.

Je suis cette autre, comédienne médiocre, au déguisement souillé, voleuse intruse de moi-même qui bientôt ne sera plus. Mise à mort sur le sol, cheveux écrasés, elle disparaîtra. Martin ne se souviendra pas puisque Carcor sera mort, redevenu Martin pour toujours. Il n'y aura que nous deux, seulement nous deux, et pour toujours Corinne et Martin.

Les couloirs blancs et déserts de l'hôpital défilent, mes pas résonnent sur le carrelage froid. Les portes battantes se dégagent, s'ouvrent comme dans un tunnel où tout va trop vite. Les blouses blanches sont réunies au seuil de sa porte. Elles répètent la scène qu'on leur demandera de jouer au moment venu. L'échine courbée, le silence préservé, un tragique diffus, membrane visible, entoure le petit groupe hospitalier et sème le doute en moi. La mise en scène est si juste qu'elle pourrait être réelle. Les têtes se redressent, les regards m'épient. Et cet effroyable silence qui me laisse penser que tout est fini. Pas une lueur dans un regard, pas un geste pour me dire de ne pas rebrousser chemin. Je suis là, hésitante, navrante, pleine de questions et d'évidences, à ne rien et tout savoir. Je continue à avancer, aspirée par leur attroupement dramatique. Ils me happent. La porte de la chambre s'ouvre et se referme aussi vite derrière moi. Enfin, je suis seule avec lui. Parachutée.

Dans la pénombre, je distingue son corps immobile sur le lit et j'entends la machine qui décompte les secondes. Elle se taira bientôt. Les réverbères scintillent et éclaboussent les draps. Je m'approche ; la mare lumineuse grimpe sur son visage souffrant. Je reste dans l'ombre et sa main ridée, ankylosée mais tenace, m'attrape le bras. Je m'assieds près de lui.

« Plus beaucoup de temps, ma chère. J'aimerais tout dire, tout avouer. Revivre ces moments étranges où je n'étais pas encore très sûr. L'art était partout, dans la rue, sur nos visages, chez les morts, chez les vivants. Il faudrait tout raconter, mais je n'en aurai pas le temps. »

Je lui prends la main et la serre. Je suis là, mon amour, ne l'oublie jamais...

« Vos mains nues. C'est la première fois. Oui, plus de gants, plus de mensonges, ma chère ; ces mains, ces douces mains que je n'ai jamais oubliées. Aide-moi.

– Ne vous fatiguez pas. Racontez-moi l'essentiel. J'imaginerai les détails. »

Corinne est partie à Lille rendre visite à sa famille, laissant Martin à ses angoisses. Il ne lui en veut pas. Il aurait aimé qu'elle comprît, mais elle n'a pas su et, finalement, ce n'est pas sa faute. Elle attendait que Martin se confiât et, dans son indifférence inconsciente, il avait sa part de responsabilité.

Le matin de son départ, le lendemain de la nuit devant l'église, Martin tourne en rond dans l'appartement vide. Il n'a pas envie d'aller travailler et les heures s'éternisent mortellement. Il est à bout. Il cherche dans les placards et dans les albums de photos, des souvenirs qui pourraient lui réchauffer le cœur, mais il ne trouve que des clichés de vie ratée. Il ne croit plus en rien. Tout est vide, absurde. Il se désole sur ce qu'il n'a pas été capable de construire.

Dans le miroir de la coiffeuse qu'ils ont choisie ensemble, pour Corinne, pour qu'elle se fasse belle pour lui, pour que lui l'admire depuis leur lit, il regarde à présent la misère. Le maquillage, les boîtes fermées et rangées. Lendemain de fête. Elle n'est partie que quelques jours, mais il pressent que leur séparation sera bien plus longue. Terrible séparation. La vie avec elle est devenue insupportable, sans elle, elle sera un enfer. Son visage se reflète dans le miroir, Martin seul avec Martin, lui avec lui-même. Terrible solitude, solitude infernale.

Carcor me fait un signe de la main. Il souhaite que je lui serve un verre d'eau. Sa voix se couvre. La mort fait son chemin sur son visage fatigué.

« Ma douce, ma douce femme distraite que je n'ai jamais oubliée. Je te retrouve attentive, aimante, à l'écoute du moribond. Lourde besogne pour éveiller ton oreille, patience et espérance. Et j'ai enfin, devant moi pour toujours, ma belle récompense. Tu es immobile à jamais, ton corps dressé recueille le mien, et tes yeux cherchent mon regard mort, ton oreille boit mes chères, mes ultimes paroles. »

Ses paroles se sont teintées de lyrisme. Il a déjà un pied dans le sacré.

« Monsieur, Carcor, monsieur. Vous n'allez pas... ?

– Assez, assez... je suis mourant, mais je ne suis pas sot. J'ai toujours eu la prescience de cet instant de concorde. Je savais que nous serions libres, heureux de nos choix et de nos vies vécues. Mais je n'ai pas encore terminé. Écoute, écoute. »

Martin cherche dans son portefeuille le numéro de la famille lilloise. Oui, aller la retrouver, partir sur-le-champ, avant son retour, oublier la beauté, les femmes, les corps, ne voir que le sien, se taire et accepter d'être une bête, abîmer l'œuvre divine, souiller la création, la prendre et la faire hurler jusqu'au malaise, se résigner. Tout sauf la vie sans elle.

Le numéro lillois de la tante Camille, le numéro de Carmen, deux numéros dos à dos sur un morceau de carton, sur un reste de paquet de cigarettes. Carmen ou Camille, Camille ou Carmen ? Le modèle de vingt ans ou la tante de quatre-vingts ans ? La fille à la statue de pierre, ou la femme promise à la terre. La tentation ou la sagesse. La résignation ou la révolte.

Idiote. C'est cette fille qu'il aime. Pas toi. Elle. Elle qui l'a révélé. Oui, rappelle-toi, ces femmes dont il parlait, qui lui ont donné la vie.

« Non, ne lâche pas, ne lâche pas ma main. Je n'ai pas fini. Reste là, écoute. »

Camille a mal raccroché. Elle ne veut pas me parler. Occupé, toujours occupé. Bonne volonté, mais pas de chance. Et derrière Camille, Corinne impassible, à des kilomètres de moi dans sa terre natale. Elle oublie son cauchemar.

Carmen. Pas par choix, par obligation, par résignation, par hasard.

Carmen est absente. Une voix mélodieuse, accueillante, sort du combiné. Un répondeur bienveillant m'appelle. *L'Atelier des Belles Muses vous attend du lundi au samedi. VOUS ATTEND*, il a dit *VOUS ATTEND.* Enfin, une main se tend vers lui. Adieu *Le Grand Ves-*

tiaire et les costards vides ! Une voix s'adresse à lui, s'apprête à le recevoir et à l'écouter.

Martin raccroche. Il oublie Carmen, la belle jeune fille et ses vingt ans, du jardin le soir du vernissage. Il monte dans le premier taxi. Direction *Les Belles Muses.*

Au fin fond du treizième arrondissement, dans un Paris inconnu, l'atelier surgit devant lui, au numéro six de la rue du Loiret. Ancienne bâtisse, vieille ferme parisienne, inchangée, prisonnière d'un lierre verdoyant, elle est belle, belle et si accueillante ! Il entend encore sa voix rassurante qui continue de l'appeler, de l'attendre, d'attendre amoureusement la venue de son fils chéri ! Divine, elle reconnaît les siens et elle se souvient de son petit religieux, de son adepte de la beauté, et de ses bras voletés grands ouverts, elle l'accueille en grande pompe, lui ouvre le chemin du paradis. Oui, le paradis est à quelques mètres. Aussitôt, Martin est gagné par une vague de sérénité. L'errance, la peur, le doute, la frustration des purgatoires s'envolent pour laisser place à la liberté et au bonheur. Déjà plus léger, plus vivant, il avance vers elle, ému malgré lui, encore inconscient de son bonheur futur.

Martin pousse la grille du jardinet. La porte de l'atelier est ouverte. Il comprend qu'il est attendu. Derniers pas d'errance, derniers instants avant sa naissance, avant la vie. Il marche, la tête plus haute, le corps soulagé. Il avance tranquillement et chacune de ses enjambées le conduit vers son bonheur.

Un coup de vent claque la porte derrière lui. Dans l'escalier, une pluie de poussière tombe sur lui. Elle est la première joie du nouveau-né. Carcor est né.

La naissance de l'artiste, aussitôt couronnée, est fêtée. En offrande, il reçoit un nouveau berceau. Bouche bée, le regard ahuri des nourrissons qui subissent le choc de la délivrance, il admire alors sa famille et sa patrie. Il se souvient mal de cet instant rapidement dépassé, mais jamais il n'oubliera le nouveau souffle de vie qui inonda son être.

Autour de lui, l'insolite et le banal, le vieillot et le moderne, le beau et le bizarre s'entremêlent. Il règne dans l'atelier une atmosphère paisible, suspendue dans un temps sans repères. L'odeur du bois, celles de la colle et de la peinture dégoulinent de pots multiformes dans une de ces alchimies douées à sublimer la nature. Les volumes des toits et des sculptures, redistribués et déclinés à l'infini, amplifient les moindres petites choses. Les verrière opaques filtrent mal la lumière, mais laissent l'énergie urbaine s'infiltrer dans la pièce, tout en empêchant l'hystérie citadine de perturber le travail des artistes. Des sages-femmes de pierre, de cire et d'argile, travaillent à l'accouchement du nouveau-né. Elles tirent le Carcor qui, peu à peu, se libère de Martin.

Carcor a l'œil embué. Une larme roule sur sa joue et il ne s'en cache pas. Il n'éprouve plus de honte.

« Rappelle-toi la rue du Loiret. Petite ferme, paradis en plein Paris », me dit-il d'une voix qui ne dissimule pas l'angoisse. Il a peur de mourir. Il appréhende surtout de quitter la vie.

Je lui serre la main de toutes mes forces. Je veux qu'il sache que je suis là. Il s'apprête à reprendre son récit, lorsque je l'en empêche. Je le prie de m'accorder un instant, celui de redevenir Corinne. Je retire ma perruque et mes lunettes, tout à notre fin, à notre vérité. Je veux que cette autre, cette comédienne de pacotille disparaisse, nous laisse seuls, unis dans notre ultime révélation.

Il me caresse la tête, plonge ses doigts dans ma chevelure. Il a l'élégance de se taire. Le silence est ce qui nous va le mieux.

Martin touche du bout des doigts un monde qu'il n'a rencontré qu'en rêve. Il s'est libéré au milieu des chefs-d'œuvre, des esquisses et des croquis. Il est ivre de beauté et il se retrouve désormais à l'abri de toutes les errances.

Il évolue entre les corps de cire et de pierre. La paix s'est emparée de son être, et au fur et à mesure qu'il s'enfonce dans l'atelier, Carcor grandit.

Un large sourire se dessine sur le visage de mon mari. J'ai l'impression qu'à la veille de sa mort, il se réjouit d'être devenu sculpteur. Il va mourir et il ne regrette rien. Il a réussi sa vie et le pari qu'il s'est toujours fixé : celui d'être heureux.

J'entrevois moi aussi le bonheur. Son récit est si sincère que les souffrances de ce long mystère s'estompent. Je pénètre dans les sphères de l'amour. Je l'aime sans haine, sans remords, sans jalousie et sans égoïsme. Je l'aime pour lui plus que pour moi. Je l'aime avec moi, sans moi. Je l'aime ici et là-bas. Je l'aime.

Martin ne voit plus personne. Ni les étudiants ni le maître. Il ne voit plus que lui et toutes ces figures magiques, figées dans des poses vraies, pleines de vie et de beauté. Lorsque son regard tombe sur la chair blanche du modèle qui pose nu sur un socle de bois, une vague de jouissance extrême monte en lui. Une jouissance saine et pure, celle de sa vérité. Il arrive au bout de son chemin.

En un éclair, tout devient limpide. Sa vie lui revient comme dans un film truffé de flashbacks. Les comparaisons entre le marbre et le corps refroidi de la morte, la vision d'un chef-d'œuvre devant la patiente de la salle de réveil, la silhouette terreuse de ses rêves s'imposent à lui. La disparition de son appétit sexuel et sa quête d'esthétique, son besoin de toucher, sa curiosité, c'est l'évidence.

Cette impuissance passagère, le va-et-vient de son esprit entre la folie, le doute et le malaise semblent n'avoir jamais existé à présent que Martin comprend. Les sculptures l'attendaient depuis si longtemps. Depuis les Beaux-Arts, depuis le langage paternel qui se déchiffre de mieux en mieux. Sculpteur, il l'est au plus profond de lui-même, en dépit de tout, en vertu de rien.

« Je vais mourir, mais j'ai compris. Je sais qui je suis et je veux que tu le saches aussi. Ne te méprend pas sur cette histoire. Ne te laisse pas corrompre. Les uns me qualifieront d'égoïste, d'impuissant, les autres verront en toi la frigidité. Ils ne retiendront que ces dérisoires quinze années de séparation. Je les entends rire sous cape, poser sur nous leur regard empli de fausse certitude, de mépris et de pitié. Ce sont eux qu'il faut plaindre. Leur aptitude à trancher les vies plus radicalement qu'un coup de guillotine est la véritable tristesse. L'aliénation, ne jamais nous l'infliger, tel était notre serment, cette promesse tacite qui, sur l'autel, nous lia à tout jamais, et nous l'avons tenu. Ne t'érige ni en juge ni en coupable. Bannis la condamnation de notre histoire car les sentences ne mesureront jamais la densité de nos vies. Les vies denses que nous nous sommes données ont peu dansé ensemble, mais la musique d'une alliance ne s'apprécie guère à sa durée. Seul l'éclat des notes, l'intensité des sons peut avoir un sens, une valeur. Au crépuscule de ma vie, il ne me reste qu'une certitude : nos vies furent riches, et rien ni personne ne pourra jamais nous l'enlever. »

L'homme en face de moi continue de plaider notre cause, notre histoire. Sa défense résonne en moi comme le verdict au dernier jour du jugement. Son caractère final me glace les sangs. Je ne trouve pas la force de quitter cette chambre aux allures de tribunal. Je suis une accusée au comble du désespoir que la prison effraie moins que la liberté. Son agonie est plus supportable que son silence définitif. Je lui demande de reprendre son souffle, de prolonger le sursis au-delà de ses forces, de suspendre l'audience pour qu'elle s'éternise. Je sors sans attendre de réponse, lui promettant de faire vite.

Dans le couloir, les blouses blanches se sont dispersées. Un homme vert, adossé au mur, fume en regardant constamment son poignet. Je lui demande une cigarette. J'ai besoin d'entendre le son de ma voix, de me sentir vivante. Il me tend son paquet et actionne son briquet sans même me regarder. Je n'ai pas plus de consistance qu'un spectre.

Tout en fixant le bout incandescent de ma cigarette, j'imagine le corps de Martin se consumer à la vitesse du tabac, et je ne peux m'empêcher de faire le lien entre leur destin : quand il n'y aura plus que le mégot entre mes doigts, il ne restera que sa dépouille sur sa couche. L'image est terrifiante, mais quelque chose m'empêche d'interrompre l'inévitable chute. Une voix d'ange m'enjoint de jeter cette cigarette, mais j'aspire toujours plus profondément.

La nicotine, à laquelle je ne suis pas habituée, me monte à la tête. Je vacille, et le couloir me paraît s'être étrangement allongé. La lumière, plus criarde, m'aveugle. Une blancheur inhumaine décolore le plafond, les murs, le sol, au point de gommer les perspectives. Somnambule, je retourne vers la chambre. Je trouve la poignée. La porte s'entrouvre.

Dans l'entrebâillement, j'aperçois un visage luisant qui repose sur un oreiller comme un bijou sur son écrin. Un homme en blouse blanche me tourne le dos, devant la fenêtre. Des taches sombres parsèment son uniforme. Naturellement, l'idée que le médecin et le mourant se sont propulsés dans un atelier s'impose à moi. Martin, en blouse blanche, contemple l'horizon, satisfait du Carcor qu'il a créé et qui repose, telle une œuvre, sur son socle. La porte se claque.

Composition Express-Compo
Le Neubourg 27110

Impression réalisée sur CAMERON par

BRODARD & TAUPIN

GROUPE CPI

La Flèche

pour le compte des Éditions Ramsay
en août 2001

Imprimé en France
Dépôt légal : août 2001
N° d'impression : 8925
ISBN : 2-84114-558-1